黑童话

DARK TALES

零杂志 编

世纪文景

世纪出版集团 上海人民出版社

序

　　每当一种主流文化类型得到了大众的肯定和认可并且广受好评时，便会衍生出很多次生的泛类型作品，例如历史剧衍生出了宫斗剧，青春片衍生出了打胎片，而传统的童话则衍生出了"黑童话"。这个年头读个童话故事也需要点后现代的幽默感。

　　童话是给孩子们的礼物，告诉他们世界的奇妙与秀丽；黑童话是成人的寓言，在文字的另一面看见一个与现实截然不同的世界。满眼望去皆是虚妄不实的文字，细细品味却是最为凝练真挚的事实。

　　这一本《黑童话》代表了当代 90 后青年一代作者在类型化写作中的最高水准，集以奇思妙想的设定与构想来描绘一个个辛酸苦辣的故事，想必读这本书时读者们会在前一秒拍案叫绝，惊叹诧异余声未平，后一刻却又因其剧情的急转直下和跌宕悠扬而凝神闭气，一个个黑色的"童话"凝结成的土壤围成了一个与众不同的全新世界，还原了人世间的原貌。你知道那并不是真的，却仍然为之心动荡漾。

在这个讲究速度的年代，我们成长得太快，一不小心便长过了头，听不进"公主和王子从此过上幸福快乐的生活"的故事了。那就静下心来读一读这本书，去料想下卖火柴的小女孩是怎么拿着一包火柴报复社会的。故事听着听着你就睡着了，一觉醒来，你还是孩子的模样，但世界却已经不一样了。

听童话的人如痴如醉，满怀念想；而说童话的人却知道，这不仅仅是一个童话。

目录 CONTENTS

1

　　女人洗澡之间，男人翻开了女人的包，发现精致的黑盒，里面一整套高端男士剃须产品。特别是剃刀，各种剔透刀片，任君筛选。

　　房间的柔光于刀片间反光，显出一张胡茬浓密憔悴苍白的脸。

　　浴室水停，男人匆忙将事物塞入包中，右手颤抖地点烟。其实他不吸烟的，只是偶尔出入酒吧时的装饰。

　　电视上正在放最近当红的"剃刀杀人魔"再次行凶的连续报道，男人自己也写了三篇，连续一个月，已经有五位受害者，男女不限，伤口都是咽喉处被剃刀划开的深痕，干净剔透。

　　男人下意识地抚摸自己的咽喉，下巴以上全是胡须扎手的意味。手指间还有薄荷牙膏的味道，夹杂一些烟和酒精的混淆。

女人未着浴袍，赤身露体，像盛开的百合，湿漉漉的长发垂落，她端起吹风机，一脚踩在长椅上，慵懒地吹起头发。

"帮我拿唇膏，包里。"女人的姿势性感，曲线诱惑极了。

男人掐了烟，名正言顺翻开包，递上唇膏，手触及黑盒，嘴角抽动了一下，忍不住问："这是什么？"

女人吹干了头发，开始挺着裸露的胸，于梳妆台前慢慢涂抹香唇，间歇抿嘴。不经意抬头，对着男人轻笑："剃刀。"

"是给男朋友买的吧，好高级。"男人尽量让自己的表情自然。

女人的手未停，镜子中那张无可挑剔明星般的脸庞，微笑漾开漂亮的弧度，像一朵食人花："让你发现了，其实我才是剃刀魔。"

时间定格一秒，电视上专家正声嘶力竭让单身男女注意安全，性爱不及性命。男人还能听到浴室水珠滴落的声响。

滴答，滴答，滴答。

女人转过脸来，胸前像有露珠滑落："你不害怕吗？"

"我好怕哦。"男人鬼叫着，随即毫无表情，递上干净的毯子。

2

　　"抱歉这么晚还要麻烦您。"探长歉意地脱帽致敬，露出晶亮的光头。

　　"不会，有任何需要尽管讲。"经理姓金，嗓音间流露出疲惫。他已失眠一周，额头上只有稀疏的毛发，这让探长觉得有些亲切。只要有剃刀魔的存在，营业额都不可能好转，这对刚上任的经理来说，是最惨烈的噩梦。证据表明，剃刀魔不是顾客，便是酒店人员，身边时刻潜伏一颗炸弹，弄得不好就是人命。

　　"这两天有什么动静吗？"探长示意助手做记录，助手比较笨拙，不如长期跟自己合作的记者。今天记者请假了，有点不习惯。

　　"我们有很留意举止异常的顾客，毕竟不是专业人士，也说不清楚到底哪些异常。只不过……"

　　"只不过什么？"

　　"只是我自己的乱想，探长您看……"金经理拿出自己的iPad。用图表的方式拟列了酒店发生命案的房间，是一些不规律的符号。

　　"我相信你们一定也做过分析，这些符号看不出什么来。我也是今天才得悉，其实酒店在去年底重新装修的时候，由于扩建更换了房号，像19层本来的储物室多扩充了两个房间，以此类推，每个楼层都有扩充的房间不等。如果按过去的房号，再列入数轴数据，您看……"金经理悄悄敲入一些数据，随即再展开一个模型，"是一个 X 型的扩散符号。"

探长若有所思："您的意思是?"

"我胡乱的猜测，剃刀魔是根据过去房间的排号来选择他要行凶的房间，他十分熟悉这个酒店。我看过您之前的一些报道，您曾抓获过的变态杀人魔，都有潜在的强迫症现象，我猜想剃刀魔也许也是这样一个强迫症患者。根据这个数轴分析，也许他下一个要行凶的房间，会是这间——2310。"

探长沉默着，静静端详 iPad 中的数据线条，随即才点头："您说得很有建设性。"

"我过去是搞数据分析的，也是个推理小说迷。会不会太班门弄斧?"

"没有，这个分析很有价值。能拜托您给我酒店工作人员的所有资料吗?"

"已经准备好了，您请看。"金经理递过一整排打印好的资料。

探长开始耐心地阅读，一旁咖啡机正在煮水，金经理端出茶具："我听说您不喜欢在咖啡里加糖是吗?"

"您了解得真是事无巨细。"探长赞许。

"只是工作需要，会多观察一些生活细节。"金经理顿了顿，一边倒咖啡，一边开口，"其实我在酒店见过您几次，那时候我还不是经理。"

"是吗？抱歉我都没有印象了。有太多案子发生在你们酒店呢。"探长接过咖啡，抿了一口，"味道正好，谢谢。"

他继续低下头看资料，随即招呼助手将资料送往警局。

"是 2310 房间吗？金经理。"探长突然问。

"没错，探长。"

"现在没人住吧？"

"没有，我专门让人留空了。您知道有万分之一的可能，我也不希望酒店再出人命。"

"我得说，您是一个好经理。"探长一口喝掉咖啡，"那么，我们一起去瞧瞧吧。看看剃刀魔会不会来。"

3

他洗完澡出来的时候，女人打开了窗，21 楼的高空只有一星点的微风，吹起她的长发。

他调暗了灯光，透过窗外的光亮，她后背优美的曲线，浑圆的臀部依然让人血脉贲张。对面没有高楼大厦，但如果有望远镜，也足够让偷窥者大饱眼福。

"你不冷吗？"他问，自己已钻入被窝。

女人摇头，转身，像一尊水晶雕塑，慢慢地朝自己走进。他的心跳开始剧烈起来。

双乳间还有些微的水珠，直到完全钻入被窝，他触碰到她冰凉的肌肤，一下子整个身体像火烧般沸腾。他不是正人君子，却也有些迟疑。试探地去寻找她的手臂，不断地吐气，又迎合她的呼吸，那是一种淡淡的菊花香。终于变成漫长而柔软的吻，像整个世界静止。而他也终于握住了她的手，十指交扣。

呼吸开始剧烈，到处如玫瑰绽开的迷人场景。恍如梦境，一天前他还在为报道追踪一个强奸犯，危机时刻他挥拳打中了对方，那股子血腥味还停留在鼻息，此时却香艳扑鼻。

分手后他也经常会跟陌生女子过夜，却很少这么莫名激动。可能刚刚剃刀魔的报道成了有效的春药，他的战士早已挺拔，就等万箭齐发。这是他经历过最迷人的姑娘，一切都那么完美，除了女孩有一把剃刀。

长吻过后，他没有着急进攻，女人也一样，似乎更享受和他相拥的那种甜蜜静候。他和她赤身露体彼此抚摸，却又安静得像在阅读熟悉的书籍。两个人静下心来，女人摸黑点燃了根烟。整个房间燃起一星烟火。

"不介意吧?"女人吐出烟圈后才问。

他摇头，只是继续抱着她，看她静静吐烟。身下的战士仍旧挺拔着，却也不着急攻城略地，怕破坏这样难得的气氛。

他不会想到要和他一夜欢爱的女子，在还没有激烈性爱的时候，两个人就有了那么似曾相识的安静。

似乎做其他事都会多余，但他随即就开始紧张起来，毫无来由。

他想跟她讲一个秘密。

"我第一次刷牙的时候就爱上了那种泡沫在嘴角的味道，那种清凉就像会把自己彻底洗干净的痛快。五岁的时候，我趁妈妈不注意将整管牙膏当糖果吃了下去。她回来吓坏了，一直阻止我，但我从来没有改掉过。

"我喜欢薄荷口味的牙膏，那种清凉感会留在胃里，迄今为止我吃掉的牙膏已经不计其数，他们没有给我带来任何副作用，我大概隔一天就要消耗掉一条。买的时候都是批量买。但还是怕会被便利店的店员发现，所以我总去好几家便利店买各种牙膏尝试。每一种口味都有其独特的口感。我乐此不疲。"

他像自言自语般说着从未启齿的秘密，这并不可耻，他却很早就知道不能告诉别人。好久未曾恋爱，当然可以推给忙碌的生活压力，但对他来说，他只是不愿意再跟任何人分享这样美妙的怪癖，不愿意去揣测别人会用什么样的眼光看着自己。他只要自己开心就好。

不过在这星点燃起的烟头面前，黑暗中他可以想象那么迷人的姑娘，就靠在自己的怀中，他突然想向她进献这样一个秘密，尽管对她来说可能毫无价值。

烟头燃尽，女人把烟掐掉。带有烟味的嘴上前亲吻了他的下巴，有两三天没有刮胡子，下巴有一点刺，女人却乐此不疲地吻着，像发现精致的首饰。

她好像对自己的胡茬情有独钟，可以理解吧，有时候女人会觉得男人的胡茬性感。

"你多久会长满胡茬？"她一边继续摸着一边问。

"大概两三天吧，会刮一次。"

"我每晚都会长。"女人说完这句，又点了一根烟。

望着烟火，他陷入沉默。

"你不会是人妖吧？"

"哈哈。"女人被她逗笑，牵引他的手去自己最隐秘的地方，感受一种独特的温润，"我没动过手术，你说呢？"

他拿走她的烟，用力地吻下去。

4

金经理打开门，探长和他一起进入房间。

和其他房间比没有任何区别，收拾得一尘不染。由于23层的高度，落地玻璃看上去多一些都市霓虹，没什么区别。

"如果您的推理是对的，这里很有可能就是案发现场。"探长坐在沙发上，若有所思。

"都只是我的胡乱猜测而已，只是希望也许能派上用场。"金经理职业病般会去检测房间的整洁度以及煮咖啡的器具。

"我觉得很有想法，如果有专门的人非要预定这个房间，他很有可能就是嫌疑犯。"探长补充。

"已派人去专门留意了。只是至今还没有。"金经理戴着洁净的白手套，小心地拿起杯具，检测其干净程度。

"嗯，我会派人监控这个房间，希望如您所说。"

"其实探长，我已经在这里装了三个摄像头。如果真的有事发生，希望对警方有帮助。"

"是吗？真迅速啊。"探长赞许地点头，"能点给我看吗？分别在哪。"

金经理分别点出书桌、厨房、浴室的隐秘位置，探长频频点头。

"几乎没有死角，很专业。"

"其实我也顶了不小的压力，因为酒店最忌讳偷拍这回事。所以我得保证一定没人在这个房间。不然探长，我这个经理的位置马上就会换人。"

"总之能做的事，您都尽量做了。剩下我们都要看天意。"

"是的，探长，成事在天，这是我的座右铭，能做的尽量去做。"

"所以您才有今天的成就，金经理。"

"您过奖了。"

"其实如果你多装一个摄像头就好了，就没有死角了。"探长突然说。

"哦？"

"还差在阳台边装一个，这样剃刀魔才会无处遁形。"

"您真是明察秋毫。"金经理点头。

"只是职业病啦，过奖。"

"探长，其实我装了的。呵呵。"

"哦?"

"您大概不会想到在一个官僚机构想要一些执行力是多么麻烦的事，上面只批准我安装三个摄像头。但对于我来说，如果有死角，而如果恰好就是这个死角剃刀魔行凶没被发现……一想到这些我就会抓狂。"

"所以您自己偷偷安装了一个?"

"是的，您看。"金经理引探长到阳台边上的盆栽，那是一株漂亮的水仙花，"这个直接接入我的 iPad。我并没有做任何坏的事情，您能相信我吗?"

"当然，我相信，您是一个完美主义者。您只是希望工作能有效率，我太理解了。请相信我，没有人比我更明白对于官僚腐败的厌恶，但又无可奈何。所以必要的时候，我们得为自己留一手。"

"您能体谅我真是太好了，我很怕给您添麻烦。有时候我的同事都会怪我的多管闲事，但我又控制不住，总是不断说抱歉。"

"呵呵，理解，即便怎么说抱歉，其实你还是会做下去的。而且事实都会证明您是对的。不然那么多同事，可经理却是您。您应该是最年轻的经理吧?"探长赞叹。

"让您见笑了!"

"您要相信我是懂您的，我们骨子里倒是同一类人呢。相信自己的直觉，厌倦了各种说不行的理由，所以有时候行为会极端一点，这些极端没人理解，久了也就不会计较。日久人们就会明白。"

"您这样说真是太让人愉快了。总之，我真的很希望能帮您抓到剃刀魔。"

"嗯，这样我们都能安宁。"探长望着金经理稀疏的头发，"冒昧地问您，您的头发是什么时候开始越来越少的？"

"啊……让您见笑了，最近特别厉害，我在考虑戴假发。但一直不习惯，可能天生就是操心的命呢。不瞒您说，我才三十出头，却马上就要掉光头发了。"

"哈哈，您看我就是个大光头，而且我连胡须都不长。"

"男人只要有本事，头发倒不是很重要的事呢。"

"您这样说真让人开心，金经理我真的很喜欢你。好久没有这么痛快跟人聊天了。"

"我也很高兴能为探长服务。"

"其实我们比好多人都能干，人们有各种各样的借口来掩盖自己的无能，我们活得比他们真诚，却总得不到认同。不过最终，时间会证明一切的。"

"您说得对，探长。"

探长走向阳台，抚摸了金经理偷藏的摄像头："真是聪明的手法。您简直可以来当探长。"

"您实在过奖了……"

探长直接打断："所以，经理，我真的想你明白，我很喜欢你。我真的不是故意的，本来一定不会是您，也一定不希望是您……"

探长慢慢地自怀中掏出一把剃须刀，晶莹剔透，如老式的尖刀。他是因为某天看完了那部经典的 CULT 片《剃刀边缘》专门去购买的。

"探长……我没想您随身还带着凶器，是便于搜集指纹吗？"

"不会，只是便于行凶罢了。"

"啪！"金经理手中的茶杯不慎跌落。

探长的手已经将摄像头捏坏。

"是的，我就是剃刀魔。"探长轻声说，灯光下，他的光头闪闪发亮。

5

再没有更尴尬的时刻，他冷汗涔涔，大口喘气。女人的手划过后背，一片潮湿。

"放轻松。"女人凑近他的耳畔轻声呢喃。

他愈发自责："之前从来没有过……不是你的问题。"

女人咯咯笑着："我才没那么自卑。我很迷人，你很喜欢我。所以，你只是太紧张了。"

他更加不好意思："这样好像菜鸟……"

"得了，也没比我大几岁。乖乖躺下来，有牙膏吃。"

这是他最想听的情话，闭上眼睛仿佛也见柔软的光。女
人轻轻按摩他的颈，每一块肌肉松弛下来而愉悦得阵阵战栗，
如波浪扩散全身。

他被手机振醒，是探长。以往他都随叫随到，今天不行。

手机显示凌晨五点，他睡了好久。女人裸身靠在落地窗
畔，点着烟火唱一首旋绕的歌，嗓音像极了王菲。

他自身后抱紧，一阵冰凉柔软，战士终于再燃雄风。她
却用烟头烫他臂弯，他忍着不喊出声。

"我睡太久了……"他的声音低下去。

"没，我很好。"

她别过身来，同样拥紧他的身躯，交缠出一朵睡莲。她
的口气里除了有一丝薄荷烟味，是丝滑柔软的热朱古力。

良久四目同闭，女人的手机铃声正是她哼唱的曲目，可
以确定是王菲。

歌词依稀听清些，暧昧缠绵，带一点伤和暖。

"歌名叫《夜会》。"女人也按灭了电话。此刻无人能扰。

不是他的错觉，时光飞逝，但今夜不虚此生。脸庞挪移
间碰到刺刺的胡茬，从一个女人身上，他并不以为意，露出
不伤人的微笑。他知道她懂。

"每夜都是呢，这个时间谁都找不到我。"女人笑着，要点下一根烟。

他阻止，凑近她下巴，亲吻她的胡茬。如疯草一般，如果开灯就能看到黑色的细节，上帝用诡异的方式表达公平，太美的物事非要有奇妙的诅咒？

有一些湿，是她的泪吗？他不想确定，万一做得不够好……他将她的头埋入自己的胸，扎人的感受更加明显。

"我想听你的故事。"他亲吻她的额头，野菊香应不仅是洗发水。

女人点头："好，帮我刮胡子。"

6

助理进入 2310 房间，脸因错愕张裂到可怖的程度，有失警员风范。探长只是包容地看，面无表情。

"赤裸裸的示威呀。"探长幽幽补充。

"可是……"助理欲言又止。

"我知道你想说什么，明明金经理是跟我一起进入房间的。他就在我眼皮底下被人杀死。"

"……探长您当时在厕所吧？他一定是趁这个空当……"

探长微笑，中年人独有的宽厚。他慢慢靠近助理，矮小的身段却像高山，光头于灯光下继续闪光。

助理不自觉后退，他上个月才跟探长组，算升迁最快的表现。

距他们一米是红木写字台，台灯不疾不徐散射柔光，可惜桌面沾染了些微的血迹。

探长依旧笑着，表情平静。突然转身，如人猿泰山用力举起台灯，砸在地面粉碎。他的脸孔涨红，几秒后又恢复平静。

"你有怀疑我吗？"探长问。

"绝无可能！只不过……只不过……"

"只不过我很没用，我知道。"

"不是的，探长，我们一定要抓到剃刀魔！"助理从未有过的结巴，他开始想也许晋升本身是场灾难。

探长拍了拍他肩，终于再次微笑："很棒，告诉我你想到什么，我们怎么破案？"

助理又望了一眼被一刀割喉的尸体，规律散射的血迹。一个小时前他还刚录下惹人厌恶的经理语录。他的大脑正经历一场比警讯考试更复杂的风暴，终于他想到："我们应该马上去看监控！"

探长叹了口气："你还是不太用功啊！酒店从昨天起有三天电力维修，所有对外监控全部整顿，监控室昨天起就放假，才由得金经理跟我讲他那天马行空的偷拍计划，他的监控是直接接入他自己的 iPad 的，可惜剃刀魔已将它摔得粉碎。"

地面的确有一个已被砸烂浸水的 iPad，乔布斯复活也不可能修复。

助理痛苦地挠头，随即小心翼翼地问："探长，我们要不要先上报，等鉴定科？"他忍住没说，台灯也是现场，探长本不该……

探长举起右手，正是这只手砸烂台灯，些微的碎屑划开了肌肤，显现一些血丝。他深呼吸，露出难以置信的表情："你想让其他组看我们的笑话？"

助理再不知该说什么。

探长却开始递给助理一副手套，他对了对表："你待在现场，五点前，一定要找出蛛丝马迹。不然，你的履历会很丰富，丰富到一直当助理，呵呵。"

"……好的。探长！"如果事先知道一切，助理真想学那个记者提前请假。今天是场噩梦啊。

探长还要走了他的手机。他只能蹲下身子检查地毯的干净程度。随着时间变长，尸体的血腥味愈发明显。探长究竟要他找什么呢？他的专业不是鉴定科。

"还有孩子，想一想，为什么剃刀魔喜欢用剃刀杀人，说不定能破案。五点，我来要答案。"

探长重重一声关上了门。

7

"我相信教授说的,剃刀魔一定会再犯案。所以微信上你选这家酒店,我挣扎了很久……"

女人继续咯咯笑着,他示意她别动,刚帮她打好泡沫啫喱,掏出里面最精巧的剃刀。这感觉很怪,他也常帮父亲剃须,她是他第一个女顾客……

"看了照片才冒险来的吧?"女人颇懂地沉吟。

他很细致地布局泡沫,专注到没听清她的调笑,继续自顾自说:"看到你照片我就想,死也要来。但发现剃刀的时候心里还是……"

"担心中了死神的彩票?"

"差不多吧……抬头。"

她望着他,他则专注地剃须,动作娴熟而浪漫。他被她望得有些羞涩,如果眼神是一种骚扰……

停手后静静端详片刻,缓缓地用干净的毛巾蘸水擦拭。像艺术家完成作品。深呼吸说一切就绪。

女人的眼神一直没离开他的举手投足,镜子里是自己晶莹的面容。脸颊开始绯红。忍不住告诉他有多少次她在羞辱中剃须,下巴总容易被剃刀划破,第二天的划痕很容易让同学想入非非。她会用好几个创可贴,像昨夜刚结束群架。

他想了想问:"父母没有发现吗?"

"他们没这个机会。"女人笑着补充,"十四岁和初潮一起来，青春期的馈赠吧。在这之前，他们出车祸死掉了。"

淡淡的沉默，女人像在聊别人的事："我有想过几个借口，一直用不上呢。"

他什么也没说，自后抱紧她。

她调皮地拆了酒店的小牙膏："你可能不够吃。"

"我才不要这种劣质的。"

她将牙膏挤入自己的唇齿："现在你要吗？"

她来不及呼吸，温柔的男人强吻起来也可以很强势。

许久他才回过神来："为什么都是我在讲，讲来讲去都是剃刀魔？某人不是要讲故事给我听吗？"

女人试着吞咽牙膏，喝完水后满是泡沫，呛到咕噜咕噜吐出来。

"我的故事很简单。凌晨两点后谁都见不到我，再帅的男人也赶他走。其实我一直很想看日出的时候有人陪。"

下一句她说得很轻，却清晰无比。

"好像实现了呢。"

8

探长再次推门而入，助理正抱着卷宗打瞌睡，他用脚将他踢醒。助理激灵起身，心跳狂乱，双目放光。

"探长，我真的找到一些线索！"

"说来听听。"

将之前卷宗尸首的照片摊放在靠近第六具尸体的沙发上，助理在心理上终于适应了这样的办公地点，他甚至有点感谢探长，人只有在极端的情境下才会发挥潜能。

他隐约闻到一股沐浴乳的清香，探长莫非在酒店洗了个桑拿？他定定神："探长，我有重大的发现！我觉得剃刀魔是一个空手道高手，你看所有的伤口都呈现一致的姿态，他是用强有力的臂弯扼住对方，然后才一刀割喉的，这样的杀人方式非常简单干脆，麻烦在于很容易导致血液的喷溅，但根据犯罪心理学教授的说法，此人是个强迫症患者，说明他喜欢看到别人淋漓尽致的死法。那么此人一定是个身体强壮，练过武功，常年携带剃刀的人。为什么会携带剃刀呢？也许他毛发过于浓密，总忍不住反复修剪……对，他应该有漂亮的胡须！"

助理继续双眼放光地描述，探长若有所思。

"……我说的有价值吗？"助理又开始有点不自信。

"不能说没有啦。当然也可能反着来，说不定剃刀魔是跟我一样的光头，因为憎恨长不出毛发，才开始杀人泄愤。"

"对哦，我怎么没想到！"助理猛点头，又陷入深深的思索。

"我不是让你查看尸体吗？你怎么研究起卷宗来了？"探

长不得不打断。

"……我对鉴证学实在没什么经验，翻来覆去半天一点收获都没有……探长，对不起！"

"不会，诚实是美德。"探长像是心情很好，他也戴了副手套，掏出一个老式铜酒壶，灌入一大口威士忌。他将酒壶递给助理，助理笑着推辞，探长依旧将手伸着，助理唯有接过，呛了一口。

"我觉得你有点分析是对的。这个变态很喜欢看人血喷涌的场面。"

"是的！而且我在想，这样的喷洒虽然他在背后，但也很容易溅到血。金经理很强壮，也许他溅到了血也不一定。我们只要盘查当晚可能沾染血迹的可疑顾客，说不定就有收获。"助理像是想到了什么，"探长，我们还不向总部汇报吗？"

"要想抓住真凶，不能打草惊蛇。每次剃刀魔都可以全身而退，难道你没想过，其实总部说不定有人通风报信？"

"怎么会？谁敢……"

"现在的八卦杂志要这样的新闻是会付重金的，人心不古啊。而且孩子，再换位想想，每次剃刀魔那么专业的杀人，说不定是警界的人所为也不一定。你不觉得吗？"

"……我没想那么深，探长。"

"不怪你。你毕竟还年轻。但你放心吧，一切我都安排好了。"

探长缓缓地从口袋掏出一个透明塑料袋，里面装着一把剃刀，递给助理。

助理兴奋地接过："探长，您找到了凶器！"

"你打开看看。"

助理小心翼翼地取出剃刀，只是一把普通的刀，由于夺去六条人命的意义，显现的白光隐隐透露一丝寒气，他缓缓地展开。

探长不知什么时候在身后："如你所说，假如我是凶手，你是受害人，我应该是这样把你架住对吧？"

探长怎么那么有雅兴现场模拟？但找到凶器，案件的确推进一大步，就是不知道上面是否有指纹，所以助理小心翼翼地握着，一边配合探长。

"对方得很有力气才行，你很强壮，金经理也很强壮。所以你要是拼命挣扎，对方未必下刀那么容易，甚至刀很容易被对方抢走。但也可能他被抢走刀的目的是方便受害人自己将刀靠近咽喉，人在情急下会慢慢地举过东西，骨骼发出激烈的响声。你要做的仅仅是按动他的关节，轻轻地把刀送向该去的位置，就像他要结果自己的性命一样，一切都在自然而然地发生……"

"探长你模拟得真是太好了，就像你是剃刀魔一样……咳……咳……咳……啊……"

像瀑布一般，一个房间重复了第二次漂亮的喷涌。

"这次，我不会再脏了衣服。"探长轻轻地擦拭剃刀。

他的眼泪拼命地喷涌着，完全无法抑制，一边大哭一边享受他所迷恋的快感，持续达五分钟。随即他会非常小心翼翼地用一块手帕将所有的泪都擦拭干净，从未让鉴证科有迹可循。

只有五分钟。而且越来越短，哭出来以后，又会陷入不能抑制的空。

这种空用多少酒精都无法填补。

他摘掉手套，用手机拨给记者。记者却按掉电话，想起来今日告假，他说过有艳遇。

临要关门的时候，他顿了顿，轻声叹息。

"孩子，你还是太粗心了。"

9

男人一边加大脚步，一边若有所思，差点闯了红灯被车撞翻。

早晨六点，天空已基本亮透，只是日出尚未出现。也快了，东方出现一线红潮。他要抓紧时间。

便利店的冷气让他打了一个激灵，刚好入秋，天气有一些扭捏。他挑了冰镇的啤酒和适合熬夜人士恢复元气的热朱古力，再加两个饭团要店员加热。等的时候思绪还停留在剃刀魔的讨论上。

"如你所说，剃刀魔很有可能是秃头。"男人顺着女人说的思路愈发肯定地点头。

"呀，天亮了。"女人的兴趣显然不在剃刀魔上。

"之前的五具尸体，除了地点靠近外真的找不出任何相似之处，但我都看过照片，也经过推理模拟，毫无所获，现在我确定了，是的，他们或多或少都有浓密的毛发，有的是头发，有的是腋毛，有的是阴毛。这构成了剃刀魔的杀人动机……有趣又合理……"

女人有点无趣，但还是补充说明："我刚开始长胡须的时候，你知道我最喜欢做什么？"

"什么？"

"拼命地收集所有的剃刀啫喱。其实我用不了那么多，但只有你随身带着，你才会踏实，你担心在路上走，胡须就长出来，你恐惧去旅行，尤其是出国。时差是错乱的，万一在众目睽睽下疯长……剃刀太容易划伤皮肤，一定要有一瓶啫喱！"

他深有同感地点头，他曾把所有的零花钱换来几十管牙膏，内心怕得要死，怕别人说自己是怪咖，嘴巴却越是疯狂地吃下去，口味好吃极了，直到吃到整个肠道都是柔滑的牙膏，肚脐撑起好大一片，一直胃痛，却什么也拉不出来，几天后恢复，对牙膏的欲望愈发强烈。

遇到女人以前，他想这辈子注定会有一个守护到棺材的秘密。他不曾指望被善待，只希望不被视为异类就行。如果他的怪癖不是吃牙膏而是产金子，待遇就会相差好多。

女人总结陈词："那是一种恐惧感，一种很空渴望被填满的感觉。我相信剃刀魔也一样，他杀人并非憎恨，而是渴望让自己平静下来。就像你出了车祸后，你的身体受伤，你的灵魂能在空中看到你的身体，那个时候你是快乐的，充满解脱感，你甚至忘了要呼救。"

"濒死体验？"

"嗯。剃刀魔，大概也是我们的同类吧。区别在于，他无处言说，选择了杀人。"

两个人说得越来越煞有介事，男人想到什么，不禁偷笑："你的功效其实应该跟剃刀魔般配呀？"

女人瞥他一眼："人人都可以是剃刀魔。"

"先生，您的饭团好了。"店员打断了他的回忆。

他为自己的走神失笑，这一夜本该是重复的活塞运动，然后早上醒来各不相欠地离去。根据女人的习惯，她一定会先走。而现在，他们什么也没做，他却迫切地渴望和她相拥看日出，在世界的任何一个角落。

他在日用品柜台停留，发现了一款新的剃刀啫喱，女人的啫喱好像不够了，他小心翼翼地和啤酒放在一起。

"先生好眼光，这款啫喱是新款，很好用呢。而且正在打折，送一副贴纸。"

付款的时候他忍不住笑出声来，早起排队的阿姨鄙夷地看这个轻佻的男人。他突然来了兴致，逗趣地跟店员说："啫喱不是我要用啦，是给家人买的。"

店员随即回答："是给您的父亲吗？您真是有孝心呢！"

他不再解释，笑得更加开心。

他想回到房间，一起观赏日出的时候，轻轻地问她一个问题，这个问题他之前从未奢望过。却如此坚定地渴望获得肯定的答案。

他想问她："我可以一辈子为你剃须吗？"

她验过货了，他的剃须技术。

她如果说可以，他还要耍无聊提附加条件："那你以后要管我的牙膏哦。"

这样想着，把啫喱更用心地塞入外套口袋，想当诡异的小惊喜。

没人会送女朋友啫喱的吧。

没人会比他更幸福。

10

"你在这？一直找你不接电话。"

出便利店门，是探长。

"啊……我……"

"懂的，应该刚结束吧？放松一下多好，我要不是太老了没人要，也很想过这样的生活。"探长又望了一眼男人买的食物，"怎么，还要共进早餐？"

"……嗨，没有呢，女孩早走了。一下子买多了量。"他索性将食物递给探长。

他想将她作为内心的秘密，没准备好之前，不想让人知道，即便是合作多年的伙伴。

"那你现在空的吧？跟我一起去现场。相机带了吗？"

他从另一个口袋掏出相机，专业需要，随身携带。

"就在前面的酒店。刚得到消息，两条人命，还是剃刀魔。"探长补充，他大口嚼着饭团。

就在他和她相遇的晚上，他和她所在的酒店，他不无讽刺地联想。

"2310 房间。"探长继续说。

他张大了嘴——就在他们隔壁。

所以经过她的房间的时候，他会忍不住挂上一丝笑意。还是被探长察觉。

"你该不会恋爱了吧？"

"怎么可能，我们这种人……"他自嘲地说。

"是该恋爱的，不过这种方式认识的女孩还是不要，你懂的。"探长从总台要来钥匙打开房门。

他望了眼走廊的监控摄像头，他早该想到这个的。不由得问："不去监控室看录像吗？"

"说来你都不信，我已经去过了，监控这三天在整修，没有任何录像。"探长进门，停了下来。

他舒了口气，跟着进门，也呆住，另外一具尸体是探长的助理。

探长停顿了几秒，示意他开始拍照。他熟练地拍摄，这个工作并不复杂，他还想着早点回隔壁的房间，血迹溅满的那面墙对面，他的她正等他归来。

看来要错过日出了。

探长坐在沙发上，开始喝冰啤酒。一边苦笑地跟自己说："你不知道，这两人我半夜才刚见过，金经理带我来参观这个房间，说剃刀魔有可能在这里行凶，用他什么该死的逻辑推导出来，我本来当他开玩笑……我让助理陪着金经理，自己去楼下的澡堂洗了个澡，听闻这里的澡堂服务特别到位，我还带了换洗衣服……"

他一边拍照一边在想探长也许真的老了，过去的他那么干练，很少这么喋喋不休地讲话。他印象中探长对助理没什么感情，这么多年他最信赖的是自己。因为自己沉默寡言，只喜欢做事。

一罐冰啤酒见底，探长又开了一罐。他深呼吸后说："还有十多天我就退休了，真担心抓不到这混蛋。"

如果探长不是秃头的话，应该全是白发了吧。探长是个了不起的探长，好多大案都在他的手中告破，他想剃刀魔这样的收尾一定不是一个探长渴望拥有的收场。

他不会安慰人，做好本分拍照。

突然响起了好听的铃声，女人之前哼唱的歌，王菲的《夜会》。来自他的裤兜，他才发现他拿错了女人的手机，女人用他的手机再打过来。

他按灭了电话，应该要不了多久，回去再解释。

忍不住又笑，对面裸露的傻女人不知道，他们只隔了一面沾满血迹的墙。

他愉快地吹起口哨。

这下连傻子都看得出来，他恋爱了。

探长不由得打趣："年轻人要谨慎啊。"

他笑得更开心，面对死者有点不敬，但他抑制不住。

"哦，对了。我跟女孩讨论案情，她说很有可能，剃刀魔是个光头。"男人一边拍照，一边找话题讲。

"哦？跟我一样的光头吗？"探长停顿三秒后笑着问。

他也笑了："还真是呢！"

拍完了，他抬起头，目光触及到探长的眼神。两个男人的目光对接，这有点尴尬，之前从未发生。而空气像是突然凝固，一块块被技巧地切割。

　　那面镜子，加上灯光，映照得探长的光头和之前一样发亮。

　　他不经意后退，擦到了窗台的仙人掌，扎进好几根刺。

　　"没事吧？"探长朝前靠近一些。

　　"不碍事。"他护住相机，沾刺的手伸入口袋，刚好摸到啫喱外壳的冰凉，稍微敛一点心神。

　　女人的手机又再次响起，那首缠绵的《夜会》渗透整个房间，房间隔音太好，不然对面的女人该听到了。

　　"其实我还发现了凶器，你看看是不是这把？"探长掏出了剃刀，递给男人。

　　《夜会》的铃声一直在响，王菲的歌词隐约有一句"原谅你和你的无名指，你让我相信还真有感情这回事"。男人此时才隐约闻到探长身上沐浴乳的味道，混杂在一片血腥中，剃刀晶莹剔透，是非常好的凶器。

　　"我们认识那么多年了呢。"探长一边感慨着，一边轻轻摸了摸自己闪闪发光的脑袋。

　　"是呢，好多年了。"男人沾刺的手未曾离开光滑的啫喱外壳。

11

女人等得无聊，开始用酒店的电脑上网。她在淘宝上输入牙膏，弹出一堆眼花缭乱的网页。她隐约记得他想要薄荷口味的口感，就一直找样式精巧的牙膏。

她发现了一款法国新出的薄荷口味牙膏，淘宝居然没货。店长承诺下月一定有，女人挑剔地表示等不了那么久。

店长表示最快要找人从法国代购，女人想到自己法国有朋友，但号码在手机上，而手机恰好被男人拿走了。她想不急，但一定要买到这款牙膏。

她来了兴致问店长："这款口感好吗？"

"口感？呃……非常不错呢，尤其适合您这样的美女爱护牙齿，但是妈妈有教，牙膏是不能随便吃的，很容易拉肚子哦。"店长还想继续跟美女闲聊，被女人直接关掉了网页。

她抬头，阳光已经自窗台渗透进来，东方一片红潮，美妙的日出尽在眼前！

可惜他不在，她用男人的手机打通自己的电话。男人按掉了，应该在忙，只是去便利店，要忙什么。她试过再打，男人没有接。

十四岁那年入夏，她放学回家，家里没人。她肚子好饿，还着急将奖学金的消息告诉爸妈。她用座机一直打爸爸的手机，总能响起好听的铃声，但他们两人一直没接。直到半夜接到警局的电话。

"不会的。爱吃牙膏的男人才不会骗人。"她责怪自己的胡思乱想，他们之间什么都没发生，男人不会只是为了赖手机。

她焦躁不安地走动，还是通过网络下了单，愿意出更高的价钱，希望下周就到货。店长表示一定肝脑涂地，一单下来，她才排遣了一些压抑。

如果一直喂他进口牙膏，成本还是挺高的。但是她喜欢。她喜欢看他高兴地吞食牙膏，比她自己快乐还要重要。就像他小心翼翼地帮自己剃须。

阳光慢慢渗透进整个房间，隔壁的房间又开始有些微的撞击声。她只走了片刻的神，依旧沉浸在一片阳光下。

电话还是没人接。

她想女孩子要矜持。牙膏到的那天，她也许够幸运到，值得谈一次真正的恋爱了。她一直想谈一场真正的恋爱。

当然，她没想过她的男友爱吃牙膏就是了。那不重要，只要他剃须是一流的就够了。

她在等他回来，但他再不接电话她就要生气了。她要将这款牙膏退货！她隐隐地感觉这暖暖的阳光太让人舒适，舒适得如此让人恐慌。

阳光还要好一阵才会退散，有一整个半天，他们还可以沐浴秋日的微光之下。他们可以无所事事地只是听音乐就好，听她唱《夜会》。

　　她还没开始真正地讲自己的故事，她知道，他一定很爱听。这样想着，她又哼起了这首歌。音乐渐轻，他们一夜未眠，她先睡会儿，他来的时候，会轻柔地抱紧自己，她再也不用担心胡子的事。他们可以睡到天翻地覆，末日来袭。

　　闭上眼睛前，她再次拨打了电话。
　　依旧没人接。
　　他这辈子都不会知道他错过了什么！一定要报仇！
　　这样想着，她终于困了。闭上眼睛，世界重新并入一片，温柔的黑暗。

尾

　　早上九点，金经理的小侄子偷偷钻入金经理的卧室，拿起金经理备用的 iPad。金经理以为藏得很稳妥，什么也瞒不过四岁的小侄子。

　　小侄子不小心开启了其中一个监控软件，他看到了一个房间，镜头是从床头灯的角度扩散的，视角不是很清晰。他看到房间内横七竖八躺了好几个人，在床上的隐约就是自己的叔叔，看不太清，睡得好香。

　　床头灯正面是被油漆得乱七八糟的墙，一个男人半坐在地面上，嘴角还涂着颜料，闭着眼睛睡得更香。

他的两只手紧紧握着一个圆柱体的东西，小侄子拼命想放大看清究竟男人握的是一个什么玩具，睡觉还那么舍不得。屏幕上只显示是光滑的圆柱体。

"哼哼，一定是毁灭地球的秘密武器。"

男人边上的手机一直在闪光，似乎一直有人在打，但他睡得太香，好像没有听到。

"快接电话啦，懒惰的大人！"

像是听到小孩的声音，男人缓缓睁开眼睛。

屏幕上看不清男人的表情，那个圆柱体被轻轻地推开了头顶的盒子，男人像是挣扎着要挪动身躯，没有奏效。

"好厉害的魔法哦，叔叔被定格了呢。"

男人的手指似乎用力触及到了圆柱体，圆柱体突然喷出纯白色流线的液体，足有好几米高，一直喷射，白色的液体散向四周。

"哇，好厉害的激光枪！"

男人踉跄地倒在地上，左手依旧按着圆柱体喷射，右手缓缓地握住了手机。手机似乎不发光了，也许对方挂断了。

妈妈叫小孩过来吃早饭，小侄子哦的一声，开着 iPad 就出门离去。

镜头中的男人慢慢地抬起头，对着手机说了什么，没人听到，也不知道手机是否接通。圆柱体在喷射几秒后，再没有了白色液体。他一手握着手机，一手握着圆柱体，终于缓缓地低下头，再看不到他的脸。

手机又开始发光了，似乎有人又打了过来，震动着他的手指，但他再没醒过来接听。

三分钟后，iPad自动黑屏。

忙碌的都市，新的一天。

早间广播的人开始提醒清晨开车的司机注意安全，一代天后王菲又将重新出道开启全球巡回演唱会。

"接下来让我们一起重温——《夜会》。"

魔法消亡时刻

　　我知道我在镇上向来不受欢迎，但就连神父见到我都不再打招呼的时候，我知道，又到了应该离开的时刻。大概是因为我老给孩子们讲那些故事，被其他人看作了怪人，避之不及。

　　不必如此啊。对他们来讲，我讲的那些故事，仅仅是故事而已——勇士踏上冒险的旅途，少年获得无穷的力量，法师起手之间，风云变幻，少女骑着银白的独角兽，奔驰在旷野之上……

　　这对他们来说，永远仅会是离奇又有趣的故事罢了。毕竟，魔法已经不复存在。

　　我想再过几十年，这些故事终将变成吟游诗人歌唱的作料，娱乐众人的童话和传说。纵使被代代流传，也不会有人知道事情本来的模样。到那时候，早已没有人再相信魔法，哪怕它曾经真的出现在世上。

前人一度拥有的辉煌，人类得以掌握自然之力的黄金年代，已经一去不复返。可悲的是我不能阻止这条洪流，只能带着我日渐枯朽的身躯，背着神惩戒我的枷锁，徒劳地活在这个世界上，看着人们渐渐忘却神亲吻这个世界的痕迹，忘却关于魔法的一切。

我无意改变流水的方向，何况我也是始作俑者之一。但我想在垂老之际，在魔法还未褪去奇迹色彩的年代，记录下这些故事，希望旧时代的英雄不在死后籍籍无名，光辉蒙尘，被遗忘在时光的碎屑里。

即使消亡才是它的最终归宿。

*

我十一岁的时候，魔法渐渐觉醒，初露锋芒。当时在镇上做神父的弗兰伯父，亲自送我去国都的白塔学院。大概是想到终于能摆脱我这个麻烦精了，伯父把我交给大导师的时候，异常高兴。

那时白塔学院已经建立了六十来年，正是欣欣向荣的时候。觉醒的小孩大多早早被家里人送到国都来，以防不受约束的魔法天赋给普通人带来麻烦。

自从魔法觉醒，我和附近那帮还拖着鼻涕的小鬼已经玩不来了，所以能到国都去生活，除了远离父母的一点不安，我异常得兴奋。

何况就是在那，我遇见了亲爱的米莱雅。

初到白塔的那一天，伯父去和大导师谈话，把我一个人锁在图书馆的偏厅。我那时不识字，只能翻翻书里的插画儿，正无聊得要命，忽然一个小女孩从一个书架后面走了出来。我之前根本没注意到这里还有其他人，盯着她直看。她跟我差不多大，棕色的头发打着卷束在脑后，穿着一条长到脚踝的袍子，腰带紧紧地束着腰。她抱着一摞书，瞥了我一眼，仿佛没看见一样，从我身旁走过。

我看出她的穿着和大导师的式样相仿。我可是亲耳听见大导师对伯父夸赞我的天资，像我这样年少觉醒而且法力丰沛的人并不多。可我眼前这个女孩，瘦得要命，怎么也是白塔的法师？反正我也闲来无聊，想到这，便跳下椅子去找她茬。

她走了出去，反手关上了门。等我再打开门，她已经消失得无影无踪。

我发了一会儿愣，悻悻地回到书桌旁，却吃惊地看着她站在刚才那个书架旁。

我指着她，结结巴巴地说："你、你不是刚刚走了吗？"

女孩背对着我，听见我说话，转过身来看我。我更迷惑了，这短短几秒钟，她怎么换了一身短衣短裤？

"你是谁？"她好像刚睡醒，揉了揉眼睛，"哦，你是看到了姐姐吧？"

我这才明白过来，这是一对双胞胎。

"你是谁?"她又问，打量了我两眼，"这是白塔的图书馆，普通人是不可以随便进来的。"

我抿起嘴，拉长了声调，"我可是法——师——才不是什么普通人。"

"噢，新来的?"

她不以为意的语调莫名激怒了我。其实她的语气还算友善，只不过她姐姐刚刚那样轻蔑的举动已经让我有些不爽了。

"嗤。"我看得出她的装扮和她姐姐不一样，心里顿时有底气多了，"新来的怎么了? 我将来可会成为一个大法师，跟你这种普通人才不一样。"

如果我没看错，女孩的眼里忽然有一丝失落一闪而过。

"那恭喜你咯。"她轻快地说，"你这么小就能进白塔，是好事。"

"瑞亚。"一个清冷的声音在我背后响起，"没有必要对无礼的人道喜，白塔不欢迎这种人。"

这明显是在说我。我不高兴地看向来人，正是刚才那个目中无人的姐姐。

"我从来没听过这种说法。"我振振有词地说，"白塔不欢迎的，只有弱小的人。"

年长的女孩冷冷地看了我一会儿，忽然笑了，"你觉得你很强?"

忽然，我被一股巨大的冲击力扔到了墙角。我手忙脚乱地爬起来，想知道是谁干的。一团冰从地上凭空隆起，冻结了我的双腿。四周空气温度骤降，冰刺迅速生长朝我扎来，我双脚不得动，只能后仰避让。

我被迫保持一个很不舒服的姿势，惊魂未定地看着眼前的冰刺。我能靠我那一点魔法基础，明显感觉到魔法的波纹慢慢散开。

片刻的惊怒交加后，我胸中漫起的是强烈的狂喜。

这才是真正的魔法！这才是魔法应该有的力量！

施法者走到我近旁，似笑非笑地打量我滑稽的姿势，"这么说你是新来的？那这就是你在白塔的第一课，我最讨厌的，就是目光短浅，又自以为是的人。"

她与我年岁相仿，却有着这个年纪的小孩没有的强大、果敢和自信。看着这个女孩，我的心忽然有一阵奇怪的瑟缩，像被人打了一拳。

正当我进退两难之时，大导师走了进来，高声道，"米莱雅！别胡闹！"

女孩满不在乎地挥挥手，冰刺瞬间消退。

她面向大导师，像镇上酒馆的老板娘那样世故地笑着，但是说出的话顿时让我冷汗都下来了。

"老头，这小子欺负瑞亚，白塔不会要他，对不对？"

大导师看上去一点也不生气，他摸摸女孩的头，"那你也不能欺负他啊。在图书室放冰咒，也不怕弄坏了旧书。"

她冲我努努嘴，"都赖他就好了。"

十二岁的我摸了摸寒气未退的双腿，满心错愕。

实际上这才是我在白塔学到的第一课：永远不要惹华特利斯姐妹。

当然，我最终还是进入了白塔。谢天谢地，幸亏我是个多年难得一见的天才儿童，大导师又是个讲道理的老人家。他虽然惯着米莱雅，但不会纵容她。

在白塔学习了半年之后，我才在高级魔纹课上再次见到了米莱雅。这回我也穿着法师的束袍，但在她面前我还是有些畏畏缩缩。

她看见我好像还挺吃惊的，半晌才嘟哝道："喊，底子倒还真不错。"

我犹豫了一会儿，主动走到她面前。

"好久不见！你……你还不知道我的名字吧？"我有点紧张地说，"我叫纳维尔·莱斯特。我知道你的名字，你是米莱雅·华特利斯……"

她奇怪又好笑地看着我，"整个白塔都知道我的大名。"

"那倒也是……"我张了张嘴，冒出一句废话。进入白塔没多久，我很快就明白了为什么米莱雅可以在大导师面前这样任性。就算在云集各地法师学徒的白塔学院，能和她平起平坐的人也少得可怜。她的魔法强得惊人，强大到无所畏惧，这和她幼年瘦小的外表倒形成了一个鲜明的对比。在外人眼里，她的性格也古怪得很，好在白塔从来不缺怪人，她在学院里是因为法术精湛闻名，其他臭毛病也就没人在意了。

她看着我局促的表情，觉得有趣似的，轻笑了一声。

"但你还是第一个跑到我面前自我介绍的。"末了，她说。

她拍拍身旁的长凳，故意学街头混混那样，粗声粗气地说："来来，坐这。以后我罩着你了。"

*

现在的我再回忆起少年时代的米莱雅，常常不由自主潸然泪下。

不出几年，我们都长大了，我长得高而健壮。米莱雅向来瘦，却像小树抽条一样长得很快。我险些被她超过了，幸好她最后只长到我的下巴，我可以很轻松地摸到她的头顶。所以她给自己买了一顶很高的三角船帽，戴上它，帽尖正好到我发梢。

我至今保留着我们毕业时的一幅画像，是我出钱请城里的画师画的。米莱雅和她的双胞胎妹妹瑞亚手牵着手并肩站着，我坐在她们一侧。

她一直留着那头棕色的卷发，少女时长发已经垂到腰际，为此她还发明了好几种护发的法术，才让长得出奇的秀发一直光泽柔顺。她喜欢披散着头发，很少束起来。直到她去世前的那几年，因为常常在旅途中，她以麻烦为由剪去了长发，只保留到和下巴齐平。可是，她不说我也知道，这不过是因为，那些年里她不允许自己把魔法花费在保养头发上而已。

身为驯兽师的瑞亚，一直留着齐耳的短发。她和她的同胞姐姐随着年龄的增长，言谈举止，外貌气度都越发不一样。我们离开白塔那一年，远看外表已经看不太出她们是双胞胎。两人分化的原因倒是非常简单：瑞亚没有觉醒，她不会魔法。

这是一个极端特殊的案例，除了华特利斯姐妹，白塔从来没有得知过类似的情况——明明是双胞胎，一个拥有无与伦比的强大法力，一个却没有过丝毫魔法征兆。

跟着米莱雅混了几年之后，我才渐渐发现这一点的古怪之处。瑞亚不是法师，却依然在白塔修行，只不过跟着的是驯兽师。可这也不合规定，而且只有她们姐妹有这样的优待。

不像她姐姐那样冷冰冰又待人没有耐心，瑞亚是一个活力四射的少女，她善良热情，有夏天的味道。

她十五岁的时候，参加了驯兽师毕业考核，驯服了她的第一头独角兽。带着首胜的喜悦，她骑着那匹漂亮的银色四蹄动物一路跑到中庭来找米莱雅和我。

米莱雅坐在庭院走廊旁，正相当耐心地在一片巴掌大的叶子上画魔纹。最近她的情绪一直不太好。我了解她，这时候她多半在想别的事情，不想理其他人。我安安静静地站在庭中，操纵满庭院的花蕾绽开又合拢。

瑞亚骑着独角兽径直走到我面前。独角兽的鬃毛在庭院明亮的日光下熠熠生辉，她跳下来，两颊红扑扑的。

　　我好奇地抚摸这头野兽漂亮的背脊，赞叹不已。这样漂亮的伙伴，法师也很少能见到。

　　"你这就算通过考核了？毕业仪式是什么时候？"

　　"是的，下周，说好你要来的，别忘了。哎不说这个了，一起去散步吗？"瑞亚用期待的眼神看着我，盛情邀请我同骑，"来吧，你一辈子也骑不了几回独角兽啊。别的驯兽师都把自己的宝贝藏得好好的，就我这么大方，带你一块玩儿。"

　　"米莱雅呢？"我问，她进来以后都没有跟姐姐打个招呼。

　　"噢，别提她。"瑞亚好像不太高兴，"你来不来？不要我走了。"

　　我回头看了看米莱雅，她头都没抬，于是我耸耸肩，翻身上马。

　　瑞亚坐在我前面，我握着缰绳，她摘下小皮帽，握住我捏着缰绳的手。

　　我们靠得实在太近了，我都能闻到她发顶的清香。她的发旋和米莱雅是反着的……

　　独角兽矜持地在原地踏了几步，慢慢地朝外踱步而去。我们离开中庭之前，满庭的花蕾忽然间一齐绽放，随即凋谢。我回头望去，意识到是米莱雅做的，奇怪她为什么要这样暴殄天物，但漫天的花雨遮住了我的视线，我看不到她。

　　独角兽带着我和瑞亚在城郊跑了一会儿，瑞亚突然接到导师传信召唤，不得不离开。她满脸歉意，我一个劲地说没关系，但她一走，我只得一个人徒步返回中庭。

我欣喜地发现米莱雅还在那里。

"你还在呢。"我走到她跟前，踩过一地红花。

"嗯。"她瞧了我一眼，继续钻研她那片叶子。

我揶揄她，"大导师回头看见这一地花，不得心疼死？"

她终于放下那片都画不下了的叶子，对我说："再让它们回去就是了。"

说完，她抬起手，那片叶子自她手中悬空，自下而上燃烧殆尽，在空气中留下一个魔纹。随着魔纹的燃烧，地上的花瓣徐徐飞起，回到了枝头上。它们轻轻地在枝头扑簌了一下，重新优雅绽放。

我看着这一幕，一点点皱起眉头。

这不是寻常的魔法。就算是世间最高超最精湛的法术，也有做不到的事情，其中有一件，就是起死回生。

我无法让死去的花朵再活过来，所以我只会让花瓣开合。但是此时米莱雅在我眼前展示的，是违逆生死的魔法。

一片死寂，一时间只有鸟儿叽叽喳喳的声音。

"这样你满意了吗？"米莱雅轻轻地说，脸上没有丝毫表情，看上去就像个冷漠无情的怪物。

我干笑两声，试图缓和气氛，"这也太夸张了……你是有多厉害……"

数次魔法比试，甚至模拟的战斗中，我从来没有战胜过米莱雅。从十一岁进入白塔，我进步的速度令导师们惊叹，但是不管我进步得多快，我到达什么样的高度，面对米莱雅，她总能以可见的一点点优势击败我。刚开始，我认为只要我努力，再进步一点，就可以胜过她。可是随着时间推移，我逐渐意识到，这一点点优势恐怕不是她的实际水平，而更像是她随意地多拿出一些，应付旁人罢了。

听其他学徒说，我进白塔之前，她从不接受其他学徒的比试邀请。导师中间也没谁无聊到非要跟一个小女孩较劲。因此，过去大家虽然知道她很强，但是也不知道她到底强到什么地步。而我，是白塔的学徒里唯一能和她势均力敌的人，但只有我一个人心里明白，这都是表面的假象。

我曾经冒昧向大导师问起过，米莱雅有没有挑战过白塔的老师。大导师咳嗽了几声，神情古怪地反问我："你问这个干吗？"

"我想知道她到底有多厉害。我试探不出来，她的法力就像一片望不到边际的大海。"我踌躇片刻，坦白地说，"可我总不能一辈子都跟在她身后。"

大导师愣了，然后他开始大笑，最后他劝我："别试了，纳维尔，你这个傻小子，这汪水，根本没有底。"

我没理会大导师模棱两可的回答，可现在米莱雅在我面前展示了起死回生的奇迹。

她拨散空气中最后一点魔纹的印记，淡淡地说："我根本没有极限。"

不知为何，我从这句傲慢之至的话中听出了一丝森冷的疲惫。她不过是个十五岁的女孩子，为什么会用这样的口气讲话，特别让人心慌。

那时刚十六岁的我，面对这样的回答，情不自禁问出了我心中潜藏已久的疑问。

"那为什么瑞亚完全不会魔法呢？你们是双胞胎，不应该是这样。"

她起身在庭院里走动，摘下一片新的树叶，坐回廊边继续画魔纹。

我知道她不喜欢别人说起这件事，但是一旦问出来了，她越是不回答，我越是想得到答案。

"这是为什么？"我追问，"按照双胞胎法则，在你们未出世前，魔法就应该大致均分到你们俩身上。总不会是你在还没降生之前，拿走了瑞亚的那一份吧？"

我提这假设，全然是开玩笑的。个人的魔法觉醒根据白塔目前的记录来看，毫无规律可循，但是同胞的兄弟姐妹，大都互相影响，倾向平均分配。这种分散倾向导致同胞的法师往往沦为泛泛之辈。

米莱雅听了这话，脸色瞬间白了。她抬眼看我，"你是这么想的？还是瑞亚这么告诉你的？"

我被她陡然阴郁的眼神看得有些心里发毛，赶紧分辩，"跟她没关系，是我瞎说的，你别放在心上。"

"你承认吧，没关系，她会这么想也很正常。"她情绪有点激动，"我知道她不甘心，她肯定心里一直埋怨我。"

说着说着，她握着笔的手发起抖来。

我没想到对这一句话她会有这么大反应，慌里慌张地安抚她，"不是啊，真的是我乱说的，你不要生气……是我乱说话。"

我握住她执笔的那只手，她的手冰冰冷。我本来还在为惹她生气苦恼，这下却忽然明白过来什么。"你……你这是什么意思？难道真的是这样？可是这怎么可能呢？你没出世的时候什么都不知道，怎么可能做得到？"

她甩开我的手，厌烦地看了我一眼，"这不关你的事，纳维尔，你问得太多了。"

"我……"我张口结舌。

"到此为止吧，这跟你没关系。"她指尖一搓，将画了一半的树叶碾成粉末，挥散在空气里，"我回去了，你不是明天还要毕业考核吗？早点休息吧。"

我无从挽留，呆呆地看着她远去的背影，胃里拧成一团。

虽然米莱雅在外人眼里一直是一个不好惹的法师，可我知道，她其实只是懒得多费唇舌，不愿意和平庸又跟不上她节奏的人相处，又因为天资过高，从小习惯了旁人的重视，不太在乎别人想法。小时候的她，虽然刻薄又傲慢，但是大多时候还是像普通的女孩子一样可爱又有活力，高兴的时候也愿意哄哄别人开心。

但是随着年岁渐长，她反而越来越阴沉了，好像总有什么想不完的事，经常眉眼中全是疲倦的神色。可她又从来不告诉我她到底在担忧什么。我时常觉得我对她来说可有可无。

所以年少意气的我一直想要比她更强，这样她一定会更在意我一点。

我其实什么都不知道，那时我毕竟太年轻了。

*

那天和她在中庭不欢而散后，我很长时间都没见到她。那时候我满心都是她，傻兮兮地以为是我的话让她不高兴了，所以她才避着我。于是我约了瑞亚见面，想稍微打听一下。

接到我的消息，瑞亚很快就赶来了。我约她在一家偏僻但是舒适的小餐馆见面。她没有穿平时的驯兽师短衫，而是穿了一件长礼服，不一样的是，只不过这礼服的下装是马裤。

她骑着独角兽出现在餐馆门外的时候，夕阳在她身后洒下余晖，给她和雪尔米拉镀上了一层金边，美如画卷。

几乎算是盛装出席的瑞亚坐在我面前，有些反常的紧张和羞怯。我们点了餐，静静地吃了一会。我不知道要怎么开始这个话题，一直低着头，给一大块鱼肉戳出很多小孔。

"所以……"终于按捺不住的是她，"你找我，有什么事？"

"瑞亚。"我轻轻问，"你真的一点魔法都没有吗？"

她拿着勺子的手停顿了一下。她偏偏头笑着问："为什么问这个？你知道的呀，我是不会魔法……不像姐姐啦……"

"你知道为什么吗？"

"不知道，说实话，我也一点都不想知道。"她意兴阑珊地放下勺子，"你到底想问什么？"

我换了一个问题，"你知道这几天米莱雅去哪了吗？她是不是还在生我的气？我传信给她，她也不收。你知不知道她打算什么时候毕业？明明什么时候都可以，她却一直拖着，她怎么想的？"

"不。"瑞亚否定我的说法，"她不是不收，她根本没看到。米莱雅早就出城了，她现在不在国都。至于毕业的事，那是她的事，我不清楚。"

"她去哪了？"我追问道。

"我不知道，再说这跟你有什么关系？"瑞亚把目光移向窗外，不再看我。她深深浅浅地呼吸，好像想压抑和掩盖什么。然后她转回头看着我，"你是不是真的想知道我们身上到底出了什么问题，才会她强到毁天灭地，而我什么都不会？"

我觉得瑞亚的表情不对劲，但是这个问题，恰恰又是我的确想知道的，于是我毫不迟疑地点点头。

"如果你想知道，你得答应我。"瑞亚坐直了，少见的严肃，"不管你知道了什么，不管米莱雅做了什么，要做什么，你都不要去干涉她。你一定要答应我，否则你一辈子都别想知道，她不可能告诉你的。"

我迟疑了片刻，觉得不能随便许下这种承诺，可是好奇心和对米莱雅的关注压制了一切，我听见自己说："我答应你。"

"好。"她举起杯子痛饮了一杯烈酒，酝酿了好一会情绪，才开始讲述这个故事。

"这一切都是因为，她是'神之子'。"

我愣住了，下意识摇摇头。

"这不可能，世界上根本没有神之子这种东西……"我瞪大双眼，"你该不会告诉我，见鬼的，这玩意真的存在。"

"我的老天。"酒气渐渐攀上了瑞亚的脸颊，"你千万不要在她面前用'这种东西'，'这玩意'这种字眼称呼神之子，看她不揍你。"

"可是……"

"你不信就不要听呀！"瑞亚又给自己斟了半杯酒，我赶紧把酒壶拿走。

"算了，不管你信不信，她，我姐，米莱雅·华特利斯，她就是神之子。"

瑞亚端着酒杯，貌似随意却又不像开玩笑。

我看着她，脑子里一团乱麻。

神之子，在此之前，对我来说，这是一个只存在于神话传说和古诗歌中的词语。

在提及它名讳的地方，最常见的，就是关于它的力量的描述。只要它愿意，它可以直接从自然、从万物、从虚无中汲取力量，转变为魔法。按这个逻辑，它拥有其他法师无法企及的力量，站在金字塔的顶端，傲视世人。

在古书和口耳相传的传说里，关于神之子的记录，往往是出现在至关重要的事件中，他们或邪恶，或善良，但只要他们选择怎么做，没有人能抵抗他们的力量。

这是力量的绝对压制，是传说，是我无法确认的存在。

"可是，"我回过神，"这跟你的魔法有什么关系？"

"你从来没有关心过神之子对不对？这也正常，他们对普通人来说实在是太遥远了，更不提近两百年，他们都在尽力隐藏身份。"

是的，对于这种特殊的存在，我的认识非常少。但我知道，神之子并不是一个人，这更像一个代代传承的身份，在不同时期，属于不同的人。他们和普通人没有太多不同，除了深不可测的实力，我们没有别的分辨方法。

"作为神之子的米莱雅理所应当拥有了万物的力量，她太强了，所以我们虽然是双胞胎，但是不服从双胞胎法则，这就像倒向一边的天秤，我的那头什么也没有。米莱雅觉醒得很早，大概在一岁多的时候，她路都还走不稳，已经展现了惊人的语言天赋。从那个时候开始，我就被远远地抛在了后面。"瑞亚说起往事，像是想起了什么不幸的过去，眼中流露出悲戚之色，"后来我们被带到白塔，大导师猜想这是因为神之子过分强大的威压，带走了本该与同胞姐妹平分的魔法。"

我无言地聆听，如果瑞亚说的是真的，我终于明白大导师话中的真意——"这汪水，根本没有底。"

那么米莱雅说她自己没有极限，这也不是傲慢和吹嘘。

"如果这就是今天你叫我来，想要问的，我都告诉你了。"

说完，瑞亚看了看默不作声的我，发出了一声嗤笑，好像在自嘲。她从我手旁拿走酒壶，低下头给自己斟满了酒，一饮而尽。

我陷入了自己的思绪中，从黄昏坐到深夜。瑞亚则一个人默默地喝光了一瓶陈酿，倒在桌子上睡着了。直到老板打烊，我叫醒这个醉醺醺的少女，让她召来雪尔米拉，送她回家。

我注意到她酡红的脸颊上有一道不易察觉的水痕。

雪尔米拉银色的身影消失在街角，我独自行走在黑夜之中，忽然感到那个女孩离我越来越远，我穷尽一生，恐怕也追不上她。

*

第二天清晨，我去白塔拜访大导师，他像往常一样把自己关在办公室里，我敲敲门走进去，沉默地站在他面前。

他看见是我，不知怎的好像还不太乐意，推推眼镜问："你找我有事？"

我轻轻嗯了一声，"您知道，米莱雅到底准备什么时候毕业吗？"

"你问这个干什么？"

"老师，"我清清嗓子，试图缓解一下紧张，"我想您也知道。她要是想毕业离开白塔，早几百年她就能走了，为什么一直留在这？"

"我不知道。"大导师说，"这是她自己的意愿，白塔也无意干涉。"

"真的是她自己的意愿，而不是白塔强迫她留下来？"

大导师眼神一凛，"纳维尔，你是一个优秀的法师，我不明白为什么你会说出这种话，但作为白塔的大导师，我觉得白塔受到了侮辱。"

"老师，请回答是还是不是，我没有别的意思。"

"不是。"他斩钉截铁地说。

"那她为什么不走？她在这里能得到什么？"我一点也不相信大导师的回答，"米莱雅是神之子，这件事情，想必您早就知道了。就算留在白塔，她也不应该一直……伪装成普通学生。如果不是白塔一直强行挽留她，她想要做什么，想要去哪里都可以，也不必小心翼翼地隐藏自己的实力。这些年来，她的状态越来越糟，好像有什么东西，在剥夺她生命的气息——"

大导师倏然站起，沉重的高背椅在木地板上划出一道刺耳的噪音。

"你这是从哪知道的？谁告诉你的？"出人意料，他没有矢口否认，而是质问我透露信息的人是谁。我保持缄默，没有说出瑞亚的名字。以米莱雅的力量，她想离开，谁也挡不住她，那么她那个破例在白塔修习的妹妹，恐怕就是白塔控制她的筹码。

大导师不安地在窗前来回走动。这样一个阳光明媚的天气，他却拉上了厚重的红色天鹅绒窗帘，整个房间都泛着红色的光，阴暗而妖冶。

半晌，大导师停下脚步，冷冷地说，"她的确是神之子，但我可以非常诚实地告诉你，白塔绝对没有做过任何违逆她个人意愿的事。"

"我不相信。"

"你相不相信根本无关紧要。她一向我行我素，我们没施加任何压力。"大导师摆摆手，若有所思地盯着我，"我知道你关心她，可是她和你不是一路人，纳维尔，离开她或许对你来说才是正确的选择。"

离开她？别开玩笑了，他怎么知道这才是正确的选择？我被触怒了，但我压下了怒火，尽量冷静地说出我酝酿已久的话，"老师，我其实没有别的要求。我在白塔长大，我爱它，敬重它，可是我现在只有一个愿望，我心甘情愿为它付出任何代价，只要白塔要求，我就会去做。"不是我自负，即使在白塔，我也是少见的杰出法师，但我同样拿不准，自己有没有一个米莱雅来得分量足。

我继续道："我恳切地请求白塔，给米莱雅·华特利斯自由。"

我右手五指并拢按在我斗篷上的法师徽章上，以我法师的荣耀请求和许诺。

　　这样的重诺，如非事态重大，很少法师会使用。一旦许诺，赴汤蹈火，形神俱灭，承诺者都必须履行自己的诺言。

　　"你……"大导师吃惊地看着我的举动，重重地叹了口气，他走到书桌的右侧，闭目思索着。我保持着这个动作，一动不动，其实心里也紧张得要命。

　　"你啊！你这样的法师，不可以随便许下这种诺言，明白吗？"最后他长叹一声，忽然朗声道，"出来吧！别躲着了！既然已经被他知道了，你也别想瞒下去了，他看样子也不会善罢甘休的！"

　　办公室右翼的巨大书架后，一个人慢慢走了出来，她披散着长长的棕色卷发，没穿斗篷，束袍的腰带紧紧裹住了她纤细的腰。

　　是米莱雅。她低着头，走到大导师身旁，看上去非常虚弱。

　　我有多久没见到她了？我蓦然感到千百年的时间一瞬间流过。

　　"你怎么了？"我站在原地迈不动步子，担忧地看着她。

　　"我没事。"她抬起头，面色冷若冰霜，"是谁告诉你的，这件事？"

　　这个语气忽然让我想到我第一次见到她的那天，她也是这么冷漠和不屑。这时我才注意到她的额头有一圈冰色刻痕围成的圆圈，它们就像一柄柄细小的冰刃刻在她的眉间。

　　"是瑞亚吧。"她那么聪明，很快就猜到了，"愚蠢。"她生硬地咒骂，不知道是在说我还是说瑞亚。

"是我非要问，不关她的事。"

"这种时候还有闲心替别人辩解？"她走到我面前，伸手揪住我的法师徽章，"誓言不是用来做这种事的，蠢货，如果你不知道怎么用它，还是扔掉为好。"

她这种反应让我有几分错愕，但是时隔多日再看见她，兴奋还是在我心中占了上风。

米莱雅露面后，大导师一直在一旁静静地看着我们。此时我想起他，深深朝他鞠了一躬："您这是答应了？"

"也难怪她说你傻。"大导师摇摇头，"白塔什么都没做。我们根本不敢，也无力干涉她的任何行动，她可是神之子。"

我一怔，立刻回头向米莱雅求证。她轻蔑地看着我，"你既然已经知道我是神之子，就应该明白这一点，而不是得出之前那种可笑的推论。"

"那为什么？"我困惑地发问，"为什么你要隐藏在学院里？你这几天去哪了？你额头上的，那是什么？"

她像是累了，轻叹道："纳维尔，这真的不关你的事，你是一个好法师，你会有更好的生活。大导师说得对，你不应该和我搅在一块。"

"我为什么这么做，难道你不明白吗？去年你劝我去参加毕业考核，说你也会参加，然后我们就一起离开白塔，去这片大陆的其他地方看看，可是呢？你没有去。我不明白为什么，然后你现在在赶我走。"没错，她就是在赶我走，其实从我进白塔开始，我们之间的关系就是靠我粘着她才维持下来，对她来说也许就是可有可无的。我握住她冰凉的手，"米莱雅……"

她其实浑身无力，我不知道她怎么了，只能紧紧地握着她的手，好像这样就能给她一点力量。她用力几次，挣脱我的手。

"我改变主意了。我哪都不会去，你也不应该老跟着我。"她睫毛微颤，"走吧，你要离开白塔了，别管我了，走吧。"

说完，她用惊人的速度掠过我到门边，打开门，像一阵风一样消失了。

我惊讶地看着半开的房门，难道这就是神之子真正的力量？她刚才的虚弱不是装出来的，但还能够用魔法快速移动。

大导师也不比我淡定得到哪里去，他垂下头，低声赞叹，"这、这是……空间移动？哎……就算在神之子里面，她也绝对是独一无二、无可比拟的那一个。"

我震惊地看着他，"这就是空间移动？弗洛提教授会的那种？"

大导师讳莫如深地点点头，"历史上，只有弗洛提曾经做到过，我曾经目睹他在世时的风光无限，而如今米莱雅是第二个能做到的法师……"

"老师，她到底怎么了？她的额头上那个印记……？"

"我早就说过了，我们也不知道她在干什么。"他好像想到了什么可怕的东西，含糊不清地自言自语了一会。

我留在办公室和大导师软磨硬泡了一会儿，但他没有再说什么，我也作罢，寻思着另找人打听，于是向他告别。

临走前，大导师沉思片刻，郑重其事地对我说："不管米莱雅到底在想什么，肯定不是你能应付得了的，我知道你在乎她，重视她，可是面对这种事，恐怕你无能为力，不如放手，让她一个人毫无顾忌地去面对。"

我的手按着门的铜把手，默不作声地听完，轻轻道了句谢谢，毅然推门离开。

我去了她们家，来开门的是瑞亚。她短发乱蓬蓬的，穿着一条睡裙。大概是昨天那几杯酒后劲太大了，她还迷糊着，见到我皱起眉头。

她赤裸着双脚，脚趾蜷缩着。她一向比米莱雅强壮，但她现在这样脆弱的样子，让我有种看到米莱雅的错觉。

"你来干什么？"她没好气地说，"我收到姐姐的传信了。你记不记得你的承诺？这才过了有没有半天？全给你直接捅到米莱雅面前去了。"

"对不起。"我立即道歉，"是我太鲁莽了。这中间发生了很多事，是不小心被她听见了。"

瑞亚冷笑了一声就要关门。我急忙拦住，"她现在在里面吗？我有话想跟她说。"

"她不在。"

"那她去哪了？"

"她走了。"瑞亚不耐烦地说，"我不知道她又跑到哪里去了，她从来不跟我说的。"

"瑞亚，你听我说。"我挤进门缝，"我刚刚在白塔见到了她，她现在很虚弱很不对劲，我们必须要找到，我怕她会出事。"

"可我不知道！她嫌我拖后腿从来不带着我……"瑞亚愤愤道，"何况她是神之子，担心她实在是有些多余。"

不。我想起在大导师那见到米莱雅时，她反常的表现，分明就是身体出了问题。

我向瑞亚说了，听了我的描述，她也意识到不对劲，犹豫了一会儿，从右耳取下一枚绿宝石耳钉，"这是她用来感知我方位的法器，应该也可以反过来感知她的下落，只不过我不会魔法，你可以试试。"

我接过那枚耳钉，尝试了几次才找到正确的咒语。我忽然听得到她粗重的呼吸声，仿佛她就在我近旁。她喘得那样急，好像很不舒服。

我试图感知她的方位，一个熟悉的画面自我脑海一闪而过。

米莱雅压下了气喘，低声而又愤怒地说："谁要你多管闲事！"

那枚耳钉传来的所有讯息霎时中断了，我这才反应过来她是在呵斥我。

我看着手中的绿宝石，困惑之至地想，她为什么会在那里。我已经看到了她所在的地方，那是小时候我们经常一块去的一个山涧，离白塔不远。她很喜欢那个地方，曾经和我一同去过无数次。

瑞亚见我出神，着急地问："你知道她在哪了吗？"

我点点头，"带上雪尔米拉，跟我来。"

雪尔米拉载着我们穿越国都进入山林。路上，瑞亚忍不住责备我，说我不该向米莱雅提起这件事。之后又责备自己，不应该一时冲动告诉我这件事。

我不以为然，米莱雅是神之子，那又如何？不管她是不是想推开我，我已经决定要一直站在她身后，那我就要知道她到底想干什么。

我们到达山涧附近时，雪尔米拉放缓了脚步，最后停下来，不肯再前进。

我俯身触摸大地，明白这是米莱雅释放的驱逐之境，我可以强行穿越，但瑞亚无法继续前进。我嘱咐瑞亚等着，吟唱给自己开辟前进的道路。

这个山涧其实很小，尽头是一个水潭。我前进了一段距离，便为眼前的景象吃惊不已。溪流的沿岸用魔法写下了细密的魔纹，沿着水流的方向不断增多，当我走到深处，岸边的魔纹已有一个巴掌宽。

布下驱逐之境的人似乎没有分心监察这边的情况，我十分顺利地走到了水潭附近。

我看见米莱雅的同时，她也看见了我。

她站在水潭的中央，而水潭的四周，一直延伸到山崖，全是密密麻麻的魔纹。它们像有生命一样，从米莱雅的脚下生长开来。这个书写在大地上的巨大魔纹，已经开始蠢蠢欲动了，像一头巨兽很快就要苏醒。我感受到它要喷涌而出的能量，不由得头皮发麻。

米莱雅看见我，显然有些心烦意乱。魔纹已经开始燃烧，整个山涧充盈着魔法的波纹。我想要施防护咒，以防被魔纹暴烈的力量波及，却发现身体中的魔法好像消失了。我惊疑的瞬间，一个浮空术将我抛向半空，我没有半点反抗能力，盯着还在原地的米莱雅。她无所畏惧地矗立在魔纹燃烧的支点，风暴的中心。

一个巨大的石柱豁然出现在米莱雅脚下，它飞快地自水潭中央升起，直指苍穹，溪水霎时间溢满了山谷。米莱雅沉着地等待着，直到那个石柱停住，然后她双膝跪地，双手按着石柱的顶端，仿佛握碎星辰一样用力地引爆了魔纹，石柱登时崩裂，化作一潭碎石。

这一切发生在电光火石之间。我在空中失速下坠，赶在落地之前给了自己一个浮空术，还是摔得一身痛。

我爬起身，立刻奔向碎石中的米莱雅，她还维持着双膝跪地的姿势，我扶起她，发现她脸色苍白，几欲昏倒。

"要你多管闲事，差点害死我。"她瞪我一眼，忽然吐出了一口鲜血。

魔纹引爆的瞬间，驱逐之境消失了。匆匆赶来的瑞亚看见半昏迷的米莱雅，着实吓了一跳，赶紧把她扶到独角兽背上，就往城内赶。

我焦灼万分地看着时而清醒时而混沌的米莱雅。她的额头上，那些蓝色的冰刃又出现了。这下我终于有机会仔细打量这个奇怪的印记，它应该本是由六个冰刃组成，现在有了两个缺口，只留下四个。

米莱雅忽然睁开眼睛，强撑着对我说："不要回白塔，不要找大导师。"

我不明所以，"为什么？"

"你要是不想害死我，就不要回白塔。"说完，她又昏了过去。

瑞亚牵着缰绳走在前面，慌张地问："到底怎么了，搞成这样？"

"我不知道。"我紧皱眉头，诚实地说，"她焚烧了一个大型魔纹，我不知道那是什么。"

瑞亚沉默了好一会儿，忽然说："都怪我。"她自责道："我不该那么跟她说话。虽然我不会魔法，但是已经够幸运了，我不该跟她吵的……"

"你们吵架了？怎么回事？"

"她前几天说起过，她要离开一段时间，不能来参加我下周的毕业仪式了。我问她去哪，她不肯说。最近一年，这样的事还少？她无端消失的时间越来越长，而且一直没告诉我她去哪，去干什么。我一时生气，说我只不过是一个驯兽师，她根本不在乎我。她情绪也不好，对我吼：'你不是一直想当法师吗？我告诉你，这不可能。'我说我不稀罕，她却说：'那样最好！你不是想知道我一直在忙什么吗？等我毁掉魔法，等这个世界上再也没有法师了，你总该满意了！'"

我心中一惊，米莱雅纵然强大，也不该无端说出这样狂妄的话。

我想起来什么，怪不得那天在中庭，米莱雅情绪那么低落，她虽然脾气怪，但也很少说话那么冲。瑞亚带着雪尔米拉来报喜讯，两个人连招呼都没打一个。

"我以为她说的气话，就没在意。但是……"瑞亚犹豫道，"刚刚我看到她额头的那个印记……她可能是认真的。"

我连忙追问："你知道那是什么？"

"天底下恐怕没有人比我们更了解神之子了。"瑞亚摇摇头，"那是每个神之子都会有的，象征力量的六芒冰刃印记，只有在危急关头使出全力时才会出现。刚刚她额头上却只有四个，这……"

"说够没有。"独角兽背上的米莱雅不知道什么时候醒了，打断了瑞亚的话。她坐直了，吐出一口血唾沫，"告诉你们不要去白塔，没有一个听我话的。"

她烦躁地看了我一眼，"你别那样看着我，我没事。"

我们已经走到了白塔北面，远远就能看见高墙。

米莱雅跳下马背，打了个趔趄，挡开我伸去扶她的手，对我说：“记不记得我让你走。”又冲瑞亚，“你也是，多嘴。”

“我没事，我回家休息了。”说完她前行几步，消失在我们眼前。

*

她真的回家休息去了，我跟着瑞亚到她们家的时候，她已经沉沉睡去。我在客厅坐着，下定决心这回米莱雅醒来，一定要问出真相。

瑞亚倚在门边，担忧之色溢于言表，“我不会魔法。如果米莱雅真的要做什么危险的事，我阻止不了她，但是你可以。”

我心想，要是她真是神之子，我又有什么办法呢？

好像看出我的想法，瑞亚说：“她在乎你的想法，会听你的劝。”

我抬起头看她，苦笑道，“真是这样就好了。”

“姐姐一直过得很孤独，除了我，没有什么朋友，可我又不懂魔法。你是她的朋友，她在乎你的想法。”

我心中一动，却看见瑞亚眼中有一丝失落。

“你知不知道她说的毁掉魔法是什么意思？”我问。

瑞亚点点头，又摇摇头，“这不是她第一次说这种话。小时候她就经常悄悄对我说，这世界上要是没有魔法就好了。”

我失笑，一个法师说这种话，真是奇怪至极。

"这有什么好笑的。你不明白，无尽的法力对她来说更是一种困扰。"她摊手，"好吧，其实我也不明白，但是她的确是这么想的。"

"为什么？"

瑞亚情绪低落，"她付出的代价太大了。"

正当我想继续追问的时候，卧室门"吱呀"一声打开，米莱雅走出来，一看见我就皱起眉头，"你怎么在这？"

"你没事了？"我担忧地看着她，"你刚刚伤得很重，我不放心。"

"我没事，你可以走了。"

"你在水潭到底做了什么？那个石柱是什么东西？"

她一听我问起这事，就没了耐心，"这不关你什么事。"

"你在做的事……是不是跟毁灭魔法有关？"

她一愣，看见瑞亚的表情，瞬间明白过来，但没有理睬我的问题。

我步步紧逼，"如果是真的，那跟每一个法师都息息相关，怎么和我没有关系？你不愿意去白塔，是不是怕导师知道这件事？如果你不告诉我，我就去找大导师，他肯定能搞明白。"

"纳维尔，你是在威胁我吗？"她好笑地说，话里已经隐隐有了怒气。

"不。"我摇摇头，"你看看你自己的样子，我不能看着你伤害自己。我只是想知道真相。"

"真相？呵，我其实不介意告诉别人，只要他们不妨碍我的计划。而你呢？我不知道我告诉你之后，你会不会反对，进而带着其他人来阻止我。"她神色严厉，"这恰恰是我最不愿意看见的。"

"我会一直站在你这边。"我安静片刻，说，"只要不会伤害他人，我不会阻止你。"

"伤害？"米莱雅嘲讽地笑了，"剥夺法师的力量算不算伤害他们？毁掉魔法，把它从这个世界上抹杀，算不算伤害他们？"

"你什么意思？"

"我要做的事就是这个：我要让魔法，从这个世界上消失。"

我陷入了极度的愕然之中，她是一个法师，甚至是最强的法师，她却想让魔法消失，她难道看不到魔法给法师带来的优势吗？我们从大自然中汲取力量，可以轻而易举地做到常人费劲功夫才能完成的事。在君主眼中，我们有极强的战斗力，在平民面前，我们是神的选民。拥有凌驾在世人之上的力量，这有什么不好？

见我吃惊得半晌说不出话，米莱雅仿佛早就料到我的反应，嘲讽的笑意中又添了几分尖刻。她像陈述真理那样不容置喙地继续道，"魔法不是应该存在在这个世界上的东西，更不是应该被人类掌握的力量。"

她垂下目光，面无表情，不知道在想什么，最后她说："我不介意告诉你这背后的故事，只要你不会怨恨我。"

"诸神在上。"我轻轻摇头，不管发生什么，"我怎么可能会恨你。"

她好像得到了什么安慰，露出一个伤感的笑容，"话不要说得太早了，纳维尔。"

我看了看瑞亚，她也一样愕然，看来也没想到米莱雅的目的竟然真的是摧毁魔法。我们各怀心思地坐下来，静静地等着米莱雅的讲述。

那天我们谈了很久，一直到夜幕降临，群星闪烁。

听到最后，我手掌汗湿，大脑一片混乱，难以自持。

"你们猜，我是什么时候魔法觉醒的？"她是这样开头的。我和瑞亚面面相觑。她自问自答："从出生的那一刻起。"

她的眼中是对往事的熊熊怒火和刻骨恨意，"所以所有的一切，我都记得清清楚楚。"

十五年前，一个偏远的小村庄里，一个猎户的家中降生了一对双胞胎。她们出生没过多久，白塔来的法师和一群来借宿的陌生人为了争抢这对女婴，打了起来。双方都拼尽了全力，半个村庄被毁，村民死于非命，包括她们的父母。最后白塔法师略占上风，趁乱将她们带走。她们被秘密抚养了几年，然后送进白塔修习。

"这一切都是有预谋的。"米莱雅这么说，"弗洛提教授早就知道下一个神之子会出生在那里，他提前派了白塔的法师去村里，准备护送我们直接去白塔，但没有想到敌人也早有布置，他们引爆的魔纹波及了半个村庄。"

我迷惑不解，"弗洛提教授？是那个……"

"没错，白塔的创始人之一，空间移动的发明者。"米莱雅颔首，"他也是神之子。"

没有法师不知道弗洛提教授，但没有人知道他是神之子。这位伟大法师的半身像就放在白塔图书馆的大厅。七十多年前，他创建白塔之后不久，领悟了空间移动的法术。他曾靠它行走世界，但他一生都没有将这个法术传授给别人，也没有解释过为什么。毕竟这个法术能给法师带来的，是无与伦比的优势和荣耀，但是自始至终只有他一个人能使用。他这样的选择曾经引起诸多非议。

米莱雅解释道："他不是不想，但是除了神之子，没有法师有足够的法力来施展这个法术。就算是弗洛提教授使用，依然有很多限制。"

我依然不敢相信，"他怎么可能是神之子？"众所周知，弗洛提死于一场仇杀，如果他是神之子，凶手怎么会轻易得手。

提起这事，米莱雅神色凄然，"因为他是故意让那些人杀了他的。杀害他的人，是我们称为猎杀者的一个组织，他们很早就开始谋划捕猎神之子，控制他们，从他们身上获取无穷的魔法。弗洛提教授想要保护下一位神之子，不让她落到猎杀者手中，于是他主动暴露自己的身份，走进了敌方的圈套，他放弃了抵抗，甚至逼他们杀害了自己。他知道如果继续等到自己衰老，等待不知何时来临的死亡，到时候他可能没办法周密地完成计划。

"猎杀者那时已经知道了弗洛提的身份，处心积虑地围猎他，没想到他不但不合作，还一心赴死。他们没有料到，弗洛提已经为我安排好了一切，打算由我来完成他未竟的事业。我从能自由行动开始，就一直在研究和寻觅，直到现在，终于确认了魔法的源头。"

这个我倒是略知一二，这是白塔常年研究的重要课题之一。先民向大自然献祭祈求力量，他们建立起巨大的高塔来承接神的恩赐。这是魔法的源头，但具体情况早已不可考。米莱雅又怎么会知道所有这些不为人所知的细节？

她讽刺地指指自己的大脑，"从我觉醒的那一刻，我就拥有了前几位神之子的记忆。从第一个想要舍弃自己的身份的神之子开始，他们就已经开始筹划一切。我们虽然被赋予无尽的力量，寿命却与常人无异，于是他们用魔法，把记忆代代传承。

"你以为为什么这两百年，神之子的身影从各种记录中消失了？他们隐藏自己的身份，专心研究破除这种诅咒的方法。对，对我们来说，这是被诅咒的命运。甚至白塔都是一个幌子，它招收学徒，然后收集他们故乡的资料，为的是研究传说中先民的高塔，确定它们的存在，寻找具体的位置。只不过所有的研究结果，都只存在在我们的记忆中。"

此刻我才明白，传说中的那些高塔真的存在！莫非，就是我所目睹，米莱雅毁去的那根巨大的石柱？

她也无意隐瞒，大大方方地告诉我："我们叫它魔法支柱，只要毁掉它们，魔法就会从这个世界上彻底消失。山涧里的那个，是我毁掉的第二个。第一个干脆就在图书馆的地下室——想来是弗洛提教授故意选址在此。第一次我没有经验，又要尽量动静小一点，消耗实在太大。离开的时候我撞见了大导师，他可能是觉得不对劲，非要和我谈一谈。结果你突然出现，他没能问成。"

"纳维尔，我不得不说，那天你这样做，我很感动，但是你得出的结论真的很可笑。"

米莱雅冲我温柔地笑笑，好像想表达她的感激，但是我只在她的脸上看到虚弱和疲惫。

瑞亚一直保持缄默，没有评价，也没有发问。此刻她看向自己的同胞姐姐，担忧又惶恐。

我一时无法消化米莱雅告诉我的"真相"。我是一个法师，从我十一岁进入白塔，魔法就成为我生命中不可分割的一部分。我为自己的身份和力量而骄傲。可是米莱雅却说，她要毁掉这一切。

如果我没理解错，她要是完成她的目标，这个世界上再也不会魔法，当然也不会再有什么法师。我们失去了引以为傲和赖以生存的东西，被重新贬为凡人。

我无法接受。

几十年过去，直到现在，我依然能感受到我心中的空洞。最后一个魔法支柱倒下的时候，我感觉到了那种树木被吸干汁液，魔法从我身上流走的刻骨痛苦和失落。在往后的几十年间，我再也没能找回它。

但我也从未后悔过，再让我选择一次，我依然会站在米莱雅这边，就算代价是失去所有。

米莱雅说完了，往椅背上重重一靠。我盯着她的脸，紧紧地握着双拳。

"你不是真的打算这么做。"我说。

"不，这就是我要做的事。"她长叹一口气，"纳维尔，我讲完了，你现在可以走出去，向白塔、大导师，向所有的法师揭发我的阴谋了。"

她看上去一点都不在乎我会怎么做。

"不。"我听见自己的声音在胸腔里隆隆作响，"我说过了，我会站在你这一边。我不会告诉别人，但是我不能接受……米莱雅，如果只是为了保护神之子，让魔法消失，这……你让其他法师怎么办？这对他们太残忍了。"

"你以为这只是为了保护神之子？我早就说过了，魔法不是人类应该拥有的力量。法师参与世俗的战争和权力的争夺已经是常事，他们利用这种优势去达到自己的目的，这本无可指摘，但是当普通人死于魔法而且无力反抗时，你还能无动于衷？猎杀者现在瞄准神之子，是想一劳永逸，可同时他们也没有放弃试图从其他法师身上获得更多的魔法，他们在谋杀。已经有领主开始招募法师，我简直不敢想，等法师之间的战争打响，世界会变成什么样。

"而现在，是毁掉魔法最好的时机，万一有一天猎杀者真的找到控制神之子的方法，一切就太晚了。"

我从她的眼里看到一往无前的决心，我也无法反驳她的话。

她明白她已经说服了我，低低地叹息道，"纳维尔，你已经知道了所谓的真相，你又想怎么样呢？请离开吧，随便去哪儿，唯独不要卷入此事，这是在保护你。"

我凝视着她的眼睛，我们静静地对视了一刻，我平静却固执地说："不，我要跟你一起去找那些见鬼的支柱，如果你要毁掉它们，我就要在旁边看着。"

"你疯了吗?!"

"你别想赶走我！"她要以身犯险，却要我离开，以此来保护我？我忽然很不甘心，"你不惜一切代价要让魔法从这个世界上消失，可就算你是神之子，你也不可能轻轻松松，毫发无伤地做到。你看看你这次从山涧出来的样子，你要是一个人去做这件事，你会死掉。"

"那是因为你这个傻瓜突然出现，我毁坏支柱需要倾尽全力，你还要我分心把你从暴烈的魔纹里拉出来！"

她的话印证了我的推断，她在锉碎支柱的时刻，无暇旁顾，如果有人这时候要插手，她将面临死亡的风险。为了达到目的，她不惜赌上性命，义无反顾。

不，不！我忽然意识到，她不是在拿生命做赌注，她已经把自己的一生都压了出去。根本没有人能动摇她的想法，她一来到这个世界，使命就交到了她手中。她拥有了几百年灰暗、沉重的记忆，她见过了太多不幸和惨剧，远远超过一个女孩能承受的。

我一时无话可说，她是带着一颗怎样阴沉和绝望的心长大，我不知道，但就连她自己都甘愿放弃魔法，那这世上，没有人能动摇她分毫。其他的法师，连我在内，都不会有比她更有资格审判魔法的命运。

于是我对她说："我跟你一起走，你要去哪，我们一起去。你要毁掉支柱，我会在一旁保护你。"

"你开什么玩笑……"米莱雅难以置信地看着我，"你知不知道你在干什么？我把一切告诉你，是为了让你走，不是要你和我一起去冒险……"

"我知道。"我从未如此坚定，"可是比起失去魔法，我更不愿意看你无辜丧命。这不是你该有的结局。"

那时的我其实心中还存有私心，我怀有一丝侥幸，就算按计划毁掉所有的魔法支柱，也不一定真的会让魔法消失。不管成功与否，我不想米莱雅发生什么意外。我也许不能改变她的想法，但是我能保她免遭劫难。

而现在，我必须为那时的私心向她忏悔。

*

米莱雅·华特利斯，在那一年象征性地参加了毕业考核，带着瑞亚和我，离开了白塔，离开了国都。

我们依靠已经有的信息，继续抽丝剥茧，一个一个刨出支柱所在的具体位置。

那几年间，我们走遍了这片大陆，翻越高山，途经草原，我们甚至曾经在人鱼的帮助下，深潜海底，却无功而返。

两年后，我们摧毁了第三个支柱，两个月后第四个。第四个支柱是一座巨大古神庙的门前立柱，它碎裂之后，整座神庙顷刻间倒塌，引起了不小的骚动。

米莱雅后来告诉我，她额头上出现的六芒冰刃，即是支柱的象征。

那天入夜，她疲倦又虚弱地睡了过去，但是额头上的六芒冰刃依然在夜色中闪闪发亮，此时，它们只剩下最后两根，纤细脆弱。

我出神地拨了拨火堆，然后凝视着自己的双手。

两年前，我们从国都启程之时，六个支柱已经倒下了两个。当时我并没有感觉到支柱被毁给法师带来的影响。但是米莱雅毁去第三个支柱之后，我发现我的力量明显减弱了。我施咒的时候，不能像以前一样精准有力，甚至连行走的时候，跟上她们姐妹俩已经开始有些困难。

我没向她们提起这事。

前几天我们途经神庙山脚下的村庄，村民们正在愤怒地驱赶一个法师，说他假冒法师，骗取钱财。那个穿着法师束袍的中年男子慌慌张张地躲逃着，看见我们，如蒙大赦地跑过来，要我证明他的清白。我试图感应他的魔法波纹，却发现它像一口干涸的井，虽然存在，但没有力量在流动。

我替他作保，打发他离开，自己再帮他去处理村民拜托的事情——打扫魔法生物的尸体。

那些乌黑的隼死在田间，有魔力的血液污染了土地。

米莱雅帮忙打扫，期间异常的沉默。我低声问她："你知道会这样的，对不对？"

她点点头算是默认。

"白塔那边肯定也感觉到了。"我说，"他们会疯掉的。"

"这就是我不想你参与其中的原因。"米莱雅说，"不知道原因，兴许还好受点。到最后，魔法会像从来没有存在过一样，之后再过个几十年，大家就什么都不记得了。"

我无言以对，心中却悲痛又恐慌。我就要失去我赖以生存的骄傲了，我自愿放弃，却又好不甘心。

第二天我们登上高山，没费多大功夫就确定了魔法支柱的位置，米莱雅点燃火把，加以魔法，在支柱周围画下重重魔纹。

我安静地看着她完成这一切。她开始吟唱咒语，随着第四个支柱的倒塌，我胸中忽然空荡荡的，像一阵风刮过，把所有东西都卷走了。

夜里我试了两次，才点着火堆。

"你还没睡么？"米莱雅醒了，她深棕色的眼睛在火光的照耀下微微发亮。

"没。"我装作什么都没有发生，"你怎么醒了，不多睡一会儿？"

她微微一笑，"耗子都摸进门了，还怎么睡？"

我立刻看了看四周，然后起身，指尖拈起一团火。有人进入了米莱雅的驱逐之境。

米莱雅按下我的手，"不用那么费劲。"

她忽然高举双手。大地像抬头的巨龙，土丘拔地而起，向四周的敌人扑去。他们还没有出手，就归于静寂。

"去叫醒瑞亚。我们该走了。"她踩灭火堆。

"那是谁？"

"还有谁？"她再抬起头，两眼已是血光毕露，"当初弗洛提一心求死，死在他们的陷阱里，他们没能达到活着捕捉他的目的，这些年一直在查，终于又追到我头上来了。别说了！赶紧走，他们人很多。"

我叫醒瑞亚，三人趁着夜色钻进树林，路上又好几次被包围，但米莱雅在，他们根本没有机会。

我从未见过这样暴戾的米莱雅，这下她终于除下了隐藏的面具，卸下了自制的桎梏，像一把真正的利剑出鞘，随意舞动便可扫退千军万马。

旭日东升之时，我已经累得气喘吁吁，我的体力从未差到这个地步，这都是因为原本充盈我身体中的魔法之泉已经开始干枯。

"米莱雅。"我听见瑞亚叫住她姐姐，"等一等，等等，纳维尔累了。"

米莱雅转过头看我，清晨的第一缕阳光透过枝叶照在她脸上。她的头发乱了，两眼血红，神色可怖。我回首望去，发现她一路经过的地方，四周的草木皆已化作尘土。

瑞亚也吓了一跳，"你这是怎么了？"

"我看见了他了。"她颤动着嘴唇说，"我看见那个人了。"

"谁？"

"是他杀了弗洛提……"她双手抱住头，"是他杀了我！"

她发出一声尖锐的哀嚎，跌坐在地上。

雪尔米拉受了惊，它扬起前蹄，惊叫着跑走了。

"雪尔！"瑞亚叫它，但是它很快没了踪影。我怕它被敌人抓住——这样对我们反而不利——便让瑞亚去找它，我和米莱雅在一旁的隐蔽处等。

米莱雅靠在树下兀自哆嗦了半天，我劝慰也无用，只能提心吊胆地盯着周围。过了许久，她慢慢平静下来。

她说："我没事。"

她虽然这么说着，一道血红的泪却堪堪从她眼角流下。

她见我表情不对，伸手去擦，满手猩红。她无所谓地在衣角蹭掉血迹，"纳维尔，我也是法师，不可能不受影响。"

这个晚上她消耗太大，情绪又不太稳定，之前四根支柱的倒塌对她的影响，终于显现出来。我突然想到什么极其可怕的可能性，问她："等到最后一根支柱倒下，所有的法师都会变回普通人，对不对？"

"嗯。"她回答，"回到他们觉醒之前的那样。"

"那你呢？"

"一样的。"米莱雅很平静，似乎早已接受了这种命运，"我会变成普通人，纳维尔。"

"你甘心吗？"

她没有回答。

她是我见过最强的法师，她将要失去所有的魔法，还是自己亲手毁掉。

"其实我不是很在乎。"过了一会儿，她回答，"我在觉醒的那一刻就知道了，我的一生都是为了完成这件事。等到这件事结束，等到魔法离开这片大陆，等到所有的法师都变回普通人，再也没有人争夺力量，用来互相伤害，只有等到这个时候，我的一生才属于我自己，它才真正开始。"

"你在犹豫吗？"她问我，"如果你不能忍受失去魔法，你可以现在就走，我不会怪你。"

我叹气，"我走不走，又有什么区别？只要你不停手，那一天总会来临。"

"我很抱歉。"

"不要跟我道歉。"我握了握拳，这句话仿佛扎破了我内心的苦胆。米莱雅没有错，更不需要向我道歉。

"你本来不会变成这样。"我说，"我不会因此讨厌你，恨你，要说，我更恨弗洛提教授，更恨之前那些神之子，他们把这样沉重的包袱留给你，他们真的很可恶……"

我咬牙切齿，仿佛要为此牺牲的不是米莱雅而是我。我看到了米莱雅失控的样子，那种怨毒和恐惧的表情根本不属于她，是前人不由分说地把记忆留给她，让她从出生起就已经知道了被人谋杀的滋味。

为什么她要承担这一切？我同情她，所以我怨恨那些人，他们偷走了米莱雅的人生。

她笑了，"你怎么会这样想呢？相反，越是知道他们经历的一切，我越是明白这事非做不可。小时候我还没办法控制自己的梦境，常常做噩梦，全是神之子的过去。我梦见被人欺骗、背叛，在乎的人离我而去，我拥有无边的魔力，却也有东西是我倾尽生命也换不到。这是一种无药可医的恐惧。魔法不是万能的，再强大的法师也不可能事事都顺心如意，我们做的一切可能被扭曲，可能被误读，可能被利用，结果偏离本意或背道而驰，我们却无能为力，只能眼睁睁地看着由于我们的介入而越发严重的后果。与此同时，强大的力量吸引着贪婪的亡命之徒，他们开始四处寻找神之子，猎杀他。"

她脸上的笑容渐渐淡去，"弗洛提教授领悟空间移动的法则后，周游各地，甚至到达了另一片大陆。他发现那里居然也有魔法，但是被赋予了别的名字。他们的魔法依靠血统沿袭，但他们比我们走得更远，他们可以通过后天的修行，强迫自己觉醒。即使这么做要付出惨痛的代价，但是人们依旧趋之若鹜。不管何时何地，魔法就像一块腐肉，只要存在，就会有一群苍蝇叮上。我们在做的事，是从源头抹杀这样贪婪的行径。

"那时猎杀者对魔纹的研究已经有了成果，他们能够通过燃烧魔纹增幅魔法的效果，神之子面临的威胁越来越大，他们如果没法迫使弗洛提合作，大可杀了他或者等他死了——再怎么强大，寿命总是短暂的。他们再挟持下一个刚出生的神之子。正巧在那片大陆，弗洛提找到了破除这个困局的方法。他认识了一个双目失明的年轻人，他的家族因魔法血统昌盛，但他什么都不会，于是他跟魔鬼做了交易，他获得了一点点预知未来的能力，为此付出了自己的双眼和双腿。那个年轻人在他的企求下，预知了我出生的时间和地点。这才有现在的局面。

"你以为我没有犹豫过？我大量地阅读古籍，寻找摧毁支柱的方法，不要命一样地研习魔纹，希望能顺利摧毁支柱。从小我的生活里只有这些东西。

"我曾经半夜醒来，不明白为什么自己要承受这一切，我大可不去理会他们，平静任性地度过我的一生。然后我想到我无辜的父母亲人，无辜的村民，同样无辜的弗洛提教授，我不可能忘掉他们，我那么做，一辈子都不会平静，只会活在罪恶感中。我没有他那样强大的心，我是一个这么软弱的

人，我甚至想过自杀，一走了之。可是这么做只会让下一位
神之子在午夜梦回间，梦见自己杀了自己。

"我想，好吧，既然我非得承担责任，那就在我这终
结吧。"

她站起来，歉疚地说："你是除我之外唯一知道真相的
法师，我只会对你说这句话：我很抱歉。你是我唯一算得上
朋友的人，所以我在乎你，我向你道歉，因为我不想你怨
恨我。"

我怎么会怨恨她？最初，我就是被她瘦小身躯中磅礴的
力量所吸引，我明白力量惊艳的美，却又因为它带给米莱雅
的伤害而痛恨它。她被迫接受这样的命运，我不想指责她的
选择，因为我更希望她能如愿以偿。我心如刀绞，却又因为
她最后的坦白，满心震动，几乎要不合时宜地狂喜起来。

"我不恨你，现在不，将来也永远不会。"这是因为我爱
你。我没有说出后半句话，而是再次手按我的法师徽章，"米
莱雅·华特利斯，我在此向你庄重许诺，不管发生何事，我
会陪伴你，直到魔法离开这个世界。"

这是我第二个法师誓言，每一个都是为了她。

米莱雅紧紧握住了我的手，她垂下头，忽然落下一滴眼
泪。这是我第一次见她哭，也是最后一次。

我带着最后一点希冀问她："等到这一切都结束了，你要
去哪里？我可不可以跟你一起？我们可以一起去一个没有人
认识我们的地方，安安静静地度过后半生。"

她握着我的手忽然哆嗦了一下，她立刻松开手，朝我点点头，"我不知道，但是去哪里都行，我不介意。"

我得到了莫大的安慰，一时间，失去魔法似乎都不是大事了。

这时，瑞亚的身影突然从树丛后闪现，"我找到雪尔米拉了。"

不知为何她的眼睛有些红红的，眉目间尽是哀愁，我问她的独角兽有没有受伤，她摇头，静静地在一旁坐下，失魂落魄的。

我忽然意识到什么，她什么时候回来的？是不是听见了我们的对话？

但是当时情况紧急，我们很快又继续前行，这个念头仅仅是在我脑中一闪而过，我并没有深究。

*

摧毁最后两个支柱的过程也非常顺利，猎杀者虽然也抓住一切机会试图阻止我们，但是他们面对米莱雅没有任何胜算。整片大陆的魔法都在衰弱，米莱雅总是最强的那一个。

我履行了我的誓言，一直到这趟艰难跋涉的终点，我时时刻刻伴随其右。我试图坦然地面对自己的魔法日益衰减的现实，但心头却是无尽的失落。我高估了自己的承受能力，这一切对我来说好比剥皮剜骨。唯一支撑着我继续目睹这一切的东西，是和米莱雅关于日后的约定。

但是她没有守诺。

最后一个支柱倒塌的时候正是初秋，它藏在一片沙漠里，混迹在一个大型遗迹群之中。虽然随着支柱倒塌，法师都或多或少会变得比原来弱小和迟钝，但是魔法的流逝在米莱雅的身上，却演变为身体状况的急剧恶化。我们的行动速度变得非常慢，瑞亚把独角兽让给她的姐姐，好让她节省一些体力。至于猎杀者，我已经没怎么见到他们的踪迹了。

那一天在我的记忆里被拉得极度漫长。米莱雅在支柱周围绘制魔纹花费的时间是以往的两倍还多，我和瑞亚帮不上忙，只能心疼地看着她割开自己枯枝一样的手指，在遗迹的石砖上涂涂抹抹。她不停地咳嗽，有的时候会咳出血。

可她这时也就不到二十岁啊！我跪在一旁，祈求神的怜悯，等她完成她的使命，她会恢复健康，重新开始她的人生。

我错了，神从不怜悯世人。

支柱坍塌之后，我和瑞亚看着空气中魔纹灼烧的痕迹，却一点也没有卸下重担的感觉。米莱雅跪在支柱的碎石之上，半天没有起身，她身影佝偻，好像要被什么压垮了。

有什么东西不对劲，我知道，虽然细若游丝，但是我还是感觉到有魔法在我血脉中流动。这不应该，所有的支柱都被摧毁了，为什么我还有魔法？

　　我迷惑又焦急地跑到米莱雅身边，她看上去还好，但是她一抬起头，我看见她的脸色，顿时被吓了一大跳。她这段时间身体的确不好，但有件事儿要去做，这个念头支撑着她，人还是精神的。可这会她脸色灰白，满目的绝望，像一尊历经千年风吹雨打的石雕，再碰一下就会化为齑粉。

　　我拨开她脸旁的碎发，急切地问道："怎么了？"

　　她直起上身，我眼皮一跳，惶恐地抓住她的手腕：她拿着一柄冰结成的利刃。

　　我问："你也还有魔法对不对？怎么回事，是哪里出问题了吗？"

　　"不……"她的声音低得我几乎要听不见。

　　她额头上原先只剩下最后一个六芒冰刃，现在它也消失了，可是在消失的冰刃围成的圆环中央，又一个冰刃闪烁了起来。

　　我心中忽然有种极其不祥的预感。

　　"对不起，纳维尔。"她深吸一口气，用力说话。

　　那种预感在我心中急速扩散，我的胃因为恐惧搅成一团，不……不会是那样……

　　"对不起。"她话音未落，我便被一股极强的力量推到了一边，再也无法靠近她。她张开了她的驱逐之境，很小，但是我已经没有能力穿透了。

　　瑞亚也意识到出了问题，她手足无措地看着自己的姐姐，"米莱雅，怎么了？米莱雅？"

米莱雅一动不动地跪着，两眼望向极远的地方。我注意到她握着冰刃的手在发抖。我拼命想要冲进驱逐之境，但是又被看不见的墙生生拦住。

她很慢很慢地举起冰刃，用力咬紧了牙关，然后又脱力地放下手。

"不，不要那么做！"我声嘶力竭地大喊，"总会有别的办法的，你不要这样……"

她好像听见了我的话，转头看了我一眼，然后非常羞愧而充满歉意地弯了弯嘴角。然后她又举起冰刃，这次她没有犹豫，虽然整张脸都因为痛苦而扭曲，但是她毫不犹豫地把冰刃捅进自己的心脏。

我连滚带爬地到她身旁，毫无阻拦，驱逐之境消失了。

"我没有告诉你。"她握着冰刃，血浸透了手掌，"其实一共有七个支柱，我就是第七个。对不起，原谅我的自私，我怕我告诉你，你就不会陪着我了。"

"上苍啊！"我用力地捏着她垂在一旁的另一只手，"你从一开始就知道会这样吗？你怎么敢不告诉我？你怎么敢瞒着我？"

"还记得我跟你说要一块毕业，离开白塔的事吗？可是不久，我就得知了我命定的不幸。那天在中庭我是不是吓到你了？对不起，可是那个时候我真的很绝望，所以我一直劝你离开我。假如我告诉你，你会陪着我走到这一步吗？不，你会阻止我的。"

我手脚发冷，是的，毫无疑问，如果我知道，我会不惜一切代价阻止她，我不可能让她去死，更不可能允许自己看着她去死。她的手在发抖，我又握紧了一些，可是她的声音也开始发抖，连带着我的心也随之战栗。

"神之子必将亲手毁灭自己，才能终结魔法的存在。如果我下不了手，我放过了自己，我死后会有新的神之子降生，不幸将代代相传，更可怕的是，贪婪者必将践行罪恶，他们不会放过任何魔法带来的益处，哪怕它所剩无几。"

我捧着她的脸，双手因为颤抖拂乱了她的头发，"你不要说话了，我能把你治好的，你不要说话，坚持一下……"

我努力回忆我那少得可怜的治疗法术，我捂着她的伤口，试图吟唱，不，不，刚才那一点细若游丝的魔法也不见了，我的四肢百骸空荡荡的，我什么也没有，什么也不会，我谁都救不了。

"再见了，纳维尔。"她又对她的妹妹说，"再见了，瑞亚。"

瑞亚因为过度的震惊和悲痛脸色煞白，她木木地跪下来，想要拥抱她的双胞胎姐姐。

"我也不想死！"看着瑞亚惊慌失措的脸，米莱雅忽然发出濒死的哀鸣，她试图坚强地度过这最后几分钟，但是一看到那张和她一模一样的脸，她对尘世的留恋粉碎了她最后一点盔甲。她崩溃了，她不想死。她声嘶力竭地呐喊，但已经声如蚊吟。"我就是这么弱小的人，我早就知道会有今天，我做好了心理准备，可是到头来我还是没法接受，我受够了这一切……神啊，请收回这份沉重的馈赠吧……"

她最后的几句话断断续续，我大脑一片空白，只知道捂着她的伤口，像一个普通人面对死亡那样无能为力，我忘了，法师也不能起死回生。

生命还是像沙子一样从我们的指缝间流走。

瑞亚开始愤怒地咒骂，她是那么怨恨魔法，以至于目眦崩裂，"你说得对，这个世界上要是没有魔法就好了！我从小就知道我和你不一样，我能进白塔完全是托你的福。没有魔法，爸爸妈妈也不会死掉，我们只会是一对普通的姐妹，快快活活地长大。可是现在魔法给了我们什么？除了死亡，什么也没有！他妈的法师！见鬼的魔法，这种东西到底有什么用？"

她泪如涌泉，哭丧着揪着米莱雅的斗篷，不住地呼唤她姐姐的名字，"这个世界上要是没有魔法就好了，我们都会是普通人，什么事都不会有，凭什么我要忍受这样的痛苦……"

接着瑞亚忽然想起了什么，她胡乱擦了擦眼泪，高声召唤雪尔米拉。那匹独角兽应声跑到她身旁。瑞亚站起身，抽出腰间的匕首，狠狠扎进它的脖子。独角兽银色的血液喷出来，溅了我一脸。

我震惊地看着瑞亚双手捧起独角兽的鲜血，送到米莱雅的嘴边，试图给她喂服。米莱雅已经说不出话了，她也没有办法吞咽，她的口鼻里涌出红色的血。

"喝啊！"瑞亚大喊，"不是这样就能活下去吗？要是能救回你，死了一头独角兽又有什么关系呢？喝啊，米莱雅！"

不知道是由于魔法已经消失，独角兽的血也失去了续命的效用，还是米莱雅已在弥留之际，药石无灵，瑞亚把血喂进了她的嘴里，但一点用处也没有。米莱雅用最后一点力气摇摇头，然后倒在了我的怀里。我感觉到她温热的血浸湿了我的衣襟。

"米莱雅？"我拍拍她的脸，她已经闭上了双眼。

"米莱雅？"

我呆呆地看着她憔悴又染满血的面庞，意识到她已经永远地离开了我，我无法追逐死亡，我早就预知过，我倾尽一生也追不上那个女孩。

她拥有先驱的记忆，她生来就是为了死去。她来到这个世界，不属于任何人，只属于她的宿命。她是人类给神最后的献祭，请求他拿走这从自然窃取的力量。

流淌在我四肢的不再是魔法，而是让人受折磨、受煎熬的痛苦，我几乎要泣血。这份最后的献祭是那么残酷而沉痛，不管对于知情者还是对于神之子本人。天底下最强大的人，除非顺应自然的死亡，只要他不想放弃生命，没有人能逼迫他，即使有人这么做，他们也可以全身而退。摧毁魔法的关键，却在于神之子，这些天命之人，要自愿献出自己的生命。

这样的法则，是老天在赌桌上下注，会不会有人愿意这么做吗？他就这么冷血无情地看着这个世界，看着会不会有人大公无私地站出来，心甘情愿地死掉？

"啊——!"瑞亚看见米莱雅再也不动弹了,大声哭嚎起来,她语无伦次地怒吼着些什么,然后发狂一样跑了。

我抱着米莱雅,直到最后一丝温度从她身上流走,直到血液在热气的蒸腾下干涸,直到我双臂失去知觉,夜色降临。我对着沙漠中漫天的繁星,失声痛哭。

我就这么抱着她睡着了,醒来的时候,瑞亚也已经回来了。她看了看自己独角兽的尸体,默默地埋葬了它。然后她看着了无生气的米莱雅,狼狈地从我手里抢过她。

我们把米莱雅葬在了遗迹里。失去了自己双胞胎姐姐的瑞亚,像失去了一半灵魂。我们木然地站在米莱雅的坟前,不知道何去何从。

"我恨你,纳维尔。"瑞亚突然说,"你爱她,却救不了她。我那么喜欢你,可是就算我放弃,你也救不了她。结果到最后,居然只剩下我一个人。"

我吃惊地看着她,哆嗦着嘴唇,没能说出话。

她朝我惨然一笑,然后走了,这是我最后一次见到她。

*

我孤身一人花了好几个月步行回到国都,到达的时候,我衣衫褴褛,胡子和头发纠结成一团。我用最后一点钱在旅馆里洗干净了自己,然后去了白塔。

　　白塔人走楼空，满地狼藉，只剩下几个年迈的老法师还留在那里，就像一群无头苍蝇，用残生叩问苍天。我找到了大导师，我们聊了几句。不出我所料，没有人知道到底发生了什么，但是随着魔法逐渐消失，最初的恐慌、不安过去，大家都陆续离开了白塔。

　　毕竟没有了魔法，人还要活下去。

　　我用沉默应对大导师的追问，他见我死都不肯回答，长叹一声，也就作罢。

　　可笑的是，白塔最重要的财富，图书馆里所有的书中有关魔法的记录通通消失不见了。魔法离开这个世界，还不忘抹消它的所有痕迹。我站在倒塌的书架前，看着那堆满是白页的书，觉得自己的前半生就是一个巨大的笑话。

　　随着米莱雅的死，我作为法师的那一部分死了，献给她的那一部分也死了。我离开国都，在附近的一个镇子，像行尸走肉一样活了下去。我本以为我会就这样麻木地了却残生，却不料，十年、二十年过去，我周围的人老去，而我的脸上连道新的皱纹都没有。

　　我的邻居、朋友，所有喜欢我尊敬我的人，都开始害怕我，对我指指点点。我不得不一次又一次地离开我熟悉的地方，去别的城镇继续生活。

　　自然违逆了它的法则，无情地嘲笑了我。作为少数知道真相的遗民，我获得了漫长的生命。但是魔法已经离开这个世界，这样的我只会让所有人惧怕和远离。

随着时间的推移，魔法成为了一个遥远而陌生的字眼，渐渐地，没有人再相信它曾经真正存在过，甚至在一些地方，它变成了邪恶和禁忌的名字。我知道的所有故事，最后都只能以戏说的方式，在好奇的孩子之间流传，甚至就连这样，都会招致厌恶。我这才明白，这漫长的生命实则是一种惩罚。我窥探了神的秘密，神却诅咒我不再被人相信。

辉煌又血腥的魔法时代，在遗忘的作用下，除了我和只言片语的传说，终于渐渐落下帷幕。我在此记叙下这一切，是希望文字还有能够抵抗遗忘的魔咒，总有一些事情，会有人在乎，会有人记得。我甚至自私地特地撰写这个篇目，希望亲爱的米莱雅在我死后依然会被这个世界铭记，多一分一秒也好。

即使消亡才是记忆的归宿。

张元绮
死循环

本地磁盘 c 医院文件夹

日光灯在时明时暗中挣扎许久，终于在"啪"的一声中灭了。

Pa 医院有点暗了。

时值子夜，城市的高楼大厦中，也只有寥寥可数的几盏灯还亮着。但医院却像个垂死的，歇斯底里的癌症病人，犯人叫个不停。

需要小解的老人呼唤着护士，需要截肢的病人，在手术前没完没了的祷告。

角落处的妇产室，桂美又感到腹部一阵剧痛，不由自主地大声叫骂起来。

一旁的护士手忙脚乱的不知干什么，她是新来的，偶尔一次值班就遇到了这样棘手的情况。

"深呼吸，深呼吸。"护士的声音急得像是要哭出来了。

"×，操他×的王八蛋。"桂美急急地喘了一口气，大骂道，感觉自己的声带也要被自己突出的气流扯出来了。

在语言未被学习之前，肚中的孩子还未能理解亲生母亲对自己说的话的深意。

人体的内部像是一个小小又巨大的游乐场，婴儿手握心脏，脚不悦地被肠子缠住，他挪了挪身子，于是肠子被扯碎，心脏被细嫩的手指划破了口子。

"杀，杀死他。"

桂美痛得晕死过去了。

本地磁盘 c 实验室文件夹

这是 Jq 第五次进行通电试验了。脑控制机的上端照常发出了蓝色的光明，漆黑的实验室里它是如此的妖艳美丽。

他狂热地盯着那团蓝色光明，以至于忽略了他那被化学药剂腐蚀了的手，几天没洗澡而带来的身体上的瘙痒，以及旁边水壶开了发出的"噗噗"声。

这一切都不重要了。

眼前这台机器可以让大脑自主创造一个真实的世界，这是他三十年的研究成果。

"可以进行了吧。"他说。

一个完美的世界将被这台发出柔和金属光芒的头盔打开，是的，一个完美的世界。

终于可以摆脱这个世界了。他想。

本地磁盘 c 学校文件夹

那个孩子又迟到了，是的，就是那个喜欢穿土黄色毛衣，坐在窗台边的孩子。

他的成绩很好，性格却十分的孤僻暴躁。他优秀得令人发指，却没人喜欢他。

我尝试与他沟通，他却总是要么对我爱理不理，要么对我破口大骂。

他应该不喜欢任何东西吧！

不，他总是呆呆看着那个叫桂美的女孩。

他骂过她吗？他理过她吗？我不知道。

不过他是喜欢她的吧！

本地磁盘 c 医院文件夹

你不会想看到这样的情景的。

在桂美一动不动，护士手忙脚乱之时，婴儿似是下了决心一般要来这世界探一探，自行穿过了子宫，阴道。

随着一根沾满体液的头发率先出现，婴儿露出了又湿又大的可怕额头，象征性长了几根毛的眉，再是那双只是像古稀老人皱纹般的眼。

他是在看世界？不，他应该看不到，即使看到又能看到什么？

过了几秒，也许是他冷了，也许只是他怀念肚子里的时光了。

他又缩了回去。

本地磁盘 c 实验室文件夹

Jq 小心地打开了一个个排布复杂的开关，机器发出了嗡嗡的声响，刺得他有些头疼。

电脑上进度条开始缓缓加载。

还需要一段时间，于是他坐了下来，点了一支烟。

深吸一口，在白烟中，他看到那台机器就突然觉得自己手中的烟像残次的玩具让人可笑了。

就要到另一个世界了，这个世界还有什么好留恋的呢。

他的脑中浮现了许多情景。

最终去研究上帝的爱因斯坦，跳楼者在迈出那一步之前大腿的颤抖。摇滚歌星歇斯底里地吼出心中的怒火，以及廉价小旅馆里搅和的男男女女。

没什么好留恋的吧。

他带上了头盔，静静等着那一刻的到来。

在进度条道百分之九十九时，一个名字浮现在他脑中。

桂美。

一阵心绞痛电过他全身。

本地磁盘 c 医院文件夹

孩子取出来了。

医生们在听了护士无数遍唠叨后终于匆匆赶来。

桂美被实行了破腹产。

在取出孩子的一瞬间，所有人松了口气，毕竟手术进行到一半了。

但在孩子被完整取出后，医生顺理成章地准备剪断脐带时，却意外发现孩子的肚脐眼上空空如也。

桂美的心电声滴滴在响，剖开的腹部暴露在空气下，但没人注意到这几点。

手中那个沾满体液的孩子让所有人都无语凝视。

孩子张开了眼，在护士手中蠕动着，不一会儿，护士的手就被染上了片片红迹。

本地磁盘 c 实验室文件夹

最后的一刻，Jq 想把头盔取下，他突然意识到了在这个世界上他也许还唯一珍视着他那个暗恋了十年，至今不知在哪的女孩，她在他的心中还有无与伦比的位置。

就像这个世界上最后一根救命稻草一般。

但他想到这时，进度已经到百分之一百了。

本地磁盘 c 医院文件夹

孩子哭了。

哥舒意／暖动物

打字狗

　　某个地方发现了一条会打字的狗，能够通过打字和人类交流。世界奇妙生物联合组织认为还是慎重些好，于是让我这个自由撰稿人前去和打字狗交流一番，看事情到底是怎么一回事。毕竟以前也出过类似的新闻，像会拼字母的马，会叼汉字的麻雀，会弹钢琴的猫等等，结果最后发现要么是误会要么是骗局。这些动物察言观色的本领很强，基本是通过对面人类的表情来选择正确答案。每当它们做对了选择，我们总是难免喜形于色，说起来我们人类就是这么浅薄，对动物来说，真是一点难度都没有。

　　从品种上来说，它是一条拉布拉多犬，黄色短毛，长了一张拉布拉多式的标准的老头脸，好像是陕北种了一辈子小麦的老农那种气质。这个犬种智商很高，性情温和，所以很多地方都用作为高效率的工作犬，导盲或者搜查，用来陪伴就更好不过了。现在它就用它的老头脸对着我，眼神比老农民更忧郁一些。

我们通过特定的打字设备来交谈，这也是我前来的主要原因，我想看看它的谈话是否符合正常的逻辑，而不是随意的字词组合，和那种后现代的诗歌一样无法阅读。所以基本上是采用了提问和回答的方式。

"你怎么会打字？"我问。

打字狗抬起右前掌，看着面前的按键，一个一个慢慢按了下去，按完以后才抬起头来看我。打字狗打出了一行字，"主人教的。"

"为什么他要教你打字？"我问。

"我不会说话，所以打字更合适。"它打出回答。

"你能听懂人说的话吗？"

"仅限于主人说的。"

"但是能读懂汉字？可以通过打字和人类交流。"

"一部分。"它偏头想了想，"交流很困难。"

"不同物种间交流是很困难的。因为语言不同。"

"互相理解很困难。人们之间。"

"你主人说的？"

"我觉得。"

"你的主人是谁？"

"一个人。"

"我的意思是他是做什么的。"

"打字的。离婚的。生病的。高的，瘦的，教我打字。"

我想他的工作性质应该和我差不多。不知道是程序员还是做编辑的，一个单身生活的人。有时候我觉得自己很像是打字狗，在打字狗的工厂里做着实验性的打字工作。

"你的主人呢？"

"睡着了。死了。不和我打字了。"

大致情况我已经明白了。打字狗确实能够打字，它是被人训练成这样的，就和用来聊天的机器人差不多。我觉得有这样一个宠物真挺不错的。不过正当我想继续问下去时，打字狗沉默了很长一段时间。

"你现在感觉怎么样？"

"我理解了主人常常对我说的那个单词的意思。因为我也感觉到了。"它说，"孤独。我很孤独。我再也不想打字了。"

于是它再也没有打出来一个字。

我犹豫了很久，没有把实情告诉让我来的人。因为这条拉布拉多犬已经不打字了，所以打字狗已经不存在了。它现在只是一条趴在阳光下，眼神忧郁的，平淡无奇的宠物狗，像我们一样，很孤独。

毛衣熊

毛衣熊成为时尚新宠是最近的事，准确地说是在时装界采用它们的毛衣作为最新款流行服饰风格之后，很快毛衣熊的毛衣就成了奢饰品的代名词，因为毛衣熊的稀有和罕见，熊毛衣也就比限量版还要限量版，就算是俄罗斯的石油巨富们也只是把它们的毛衣作为收藏陈列在私家收藏室里，绝对不会穿在身上。

毛衣熊是种奇特的熊类。它们不属于棕熊，也不属于黑熊，和马来熊关系不大，也不算是北极熊。它们本来的名字是长毛熊或者卷毛熊，直到它们快要和原住民一起濒临灭绝的时候，才被某个深入原始森林探险的旅行作家发现。那是个严寒的冬天，由于极夜忽然到来，气温骤降到零下，加上探险的作家本来就属于一种很脆弱的生物，于是被严寒击倒，昏倒在某个树洞，直到他感觉到温暖，才苏醒过来。他发现一头小卷毛熊正依偎着自己酣睡。卷毛熊发现他醒了，叼来一件毛衣，似乎是希望他穿上，他发现这是用熊毛结成的毛衣，由于太冷，旅行作家只能套上了毛衣，结果发现意外的暖和。

后来他跟随这头小卷毛熊进入了毛衣熊的世界，可能是因为他穿着熊毛衣，其他的毛衣熊都把他当成了同类，他和毛衣熊生活了很久，才发现身上穿的毛衣确实是熊毛做的，这是毛衣熊为了抵御寒冷的天气，进化出的特殊的技能。毛衣熊在成年以前和普通的熊并没有区别，但是在成年以后，身上的卷毛会逐渐脱落，结成一件天然的熊毛衣。熊毛衣成形的时间并不固定，根据旅行作家的观察，大多数公毛衣熊会在求偶时做成毛衣，然后将毛衣作为求偶的礼物送给母毛衣熊，而母毛衣熊更多是在产下幼崽后脱落熊毛衣。

作家身上穿的毛衣，应该是小卷毛熊的母亲留下的。它可能死于人类的捕猎。小卷毛熊太想念妈妈了，所以把穿上毛衣的作家当成了亲人。作家和送给他毛衣的小熊在一起生活了很久，直到小毛衣熊长成了大毛衣熊，他才选择返回人类的世界。

离开的那天，小毛衣熊叼着那件毛衣，仿佛送给他作为离别的礼物。作家带着熊毛衣回到了自己的家，但他没有把熊毛衣的秘密告诉任何一个人。他写了一个童话，名字叫《打毛衣的熊》，这个童话是那么的动人，几乎所有人都听说了这个故事。但是直到作家死后，家人在他的遗物里发现了熊毛衣，才知道这个童话是真的。

这件熊毛衣陈列在童话作家的纪念馆里，和他的那个童话放在一起。据说人们经常可以发现有野生的熊出现在纪念馆附近，所以在门口写了"熊出没注意"的牌子。他们说，就像童话里说的那样，这是毛衣熊要来拿回它的熊毛衣了。

忍者浣熊

忍者浣熊是某岛国的特产小浣熊，是和中国的小熊猫齐名的被保护动物。它除了长着一般浣熊都有的斑纹大尾巴和黑眼圈脸以外，更是以别的浣熊没有的技能而著称，就是它所擅长的忍术技能。这个岛国曾经是有名的忍者之国。所谓的忍者就和巫师一样，曾经是一门很专业技能很强的职业。对忍者来说，浣熊的地位就像巫师的猫头鹰一样，既是宠物又是工作助手。

忍者浣熊在成为忍者的浣熊之前，就喜欢居住在小溪和树木繁茂的地方，这也是忍者工作时常常蹲着的场所，一来二去，忍者就和浣熊混熟了，在任务失败逃跑的时候，有的忍者就会套上浣熊服，假装成一只浣熊以便逃脱追捕。忍者的伪装技能大致上和现在商场门口打扮成吉祥物的促销人员差不多，但是在浣熊眼里，忍者太了不起了，居然从一个直立的猴子变成了自己大个的同类。于是它们很容易就被驯服了，从此变成了宠物和伙伴。

但是在浣熊自己的传说里，则是另外一个版本。它们叙述了另外一个故事，在浣熊们传承的这个故事里，古老的浣熊精通隐遁之术，人称忍术之神，等闲豺狼狐狗之辈都不是对手，是《功夫熊猫》中 MASTER 和乌龟 SHIFU 这样的大师级角色，忍术之神浣熊大师声名远播，不但森林和平原间的动物，就连人类也听说了它的存在。于是有两个年轻人费尽千辛万苦来到了浣熊的洞穴前，在那里跪拜了三天三夜，恳求传授忍术之道。浣熊大师感念两人心意坚定诚恳，于是踱出洞穴，收下了两个徒弟，它因材施教，针对两个年轻人不同的天赋，将手持的两卷忍术奥义分别传授，这便是两大忍者系别的元祖。为了感谢浣熊大师的恩德，从此天下的忍者都善待浣熊，把他们当成了自己的同伴。这就是忍者浣熊的传说。

到底谁的故事是真的，现在都已经无关紧要，因为一切都是过去式了。岛国的浣熊成为了珍稀动物，而忍者这个职业，也渐渐消失在了历史的舞台。多数忍者的后代都去了城市里或打工或当白领或当宅男，只有忍者浣熊留了下来。

浣熊并不冬眠，但是在严寒的冬季，它们像真正的忍者一样匿藏起来，谁也不知道它们藏在哪里，一睡就是一个冬天。这是它们独一无二的技能。这就是浣熊们仍然在守护的忍道。

不会痛先生

现在想起来，不会痛先生的幸福人生早在他三岁那年就已经终结。

出生在平凡家庭里的不会痛先生……不，那时候他还只是个小孩，一个极其平凡的小孩：有一对平凡的父母，一个平凡的哥哥，住在一个平凡的街区。过着很平凡，但也很平静的生活。

时间就这样飞快地流逝到了他三岁的某个夏天的上午，年幼的不会痛先生正在厨房看母亲准备午餐。忽然，电话铃响了。年轻的母亲显得有些手忙脚乱，她匆匆把潮湿的手在围裙上擦了擦就奔了出去，全然忘记了小儿子依旧被留在厨房。炉子上正在煮番茄炖肉汤——这是年幼的不会痛先生最喜欢的菜之一——以至于当番茄和肉的香味从锅盖缝里飘出扩散至他的鼻腔时，他按捺不住渴望的心情，把椅子搬在灶台前，想要打开盖子看看锅里翻滚的、发出咕噜咕噜响声的气泡。也就在这个时候，那个粗心大意的母亲回来了，惊恐地看见儿子正在做在她眼里无异于自杀的危险动作，并和大多数人一样犯下了在这个时候最致命的错误——叫出了声。拎着锅盖的不会痛先生吓了一大跳，手一松，锅盖砸在了锅沿上，带翻了整锅滚烫的汤。这位母亲飞奔着试图挽救年幼的儿子，然而待她来到他的身边时，年幼的不会痛先生已经被美味的番茄肉汤浇得彻彻底底，冒着滚滚热气的红色汤汁滴滴答答地沿着他的衣角流了下来，娇嫩的皮肤也被烫出了大小不一的水泡。

然而整件事情却显得有一点不对劲。问题到底出在哪里？直到母亲抬头，她震惊地发现三岁的儿子竟然没有大声啼哭，只是舔舔嘴唇，用手指蘸着地上残余的汤汁放在嘴里吮吸，朝心急如焚的母亲咯咯地笑，吐出他刚学会的简单词汇："好吃。"

这位母亲显然被儿子怪异的行为吓呆了，尖叫了一声，跑出了门。

很多很多年以后，不会痛先生经历了很多事，也忘记了很多事。然而不知为什么，母亲尖叫着的那个词他却记得格外清楚。

怪物。

年幼的不会痛先生最终被送进了诊所接受治疗。同时，经过医生一系列的测试，得出了现在我们都已经知道的事实：

这个其他项目都极其正常的孩子无法感知痛觉。当然，一切都是在他父亲的陪同下完成的——他的母亲依旧不愿意承认自己生了一个怪物的事实。也或许是这个原因，好不容易盼到出院，以为母亲真的煮好了番茄炖肉汤在家中等着他的不会痛先生被父亲牵着手，走了很远的路，来到一个有着很多陌生孩子的陌生院子里。

"待着别动，要听话。"父亲叹了口气，在他怀里塞了一个布熊就走了。不会痛先生不明白父亲的忧虑，只当他们正在玩一个好玩的捉迷藏游戏。于是他很乖地待在原地，直到一个上了年纪的老女人把他拽到一张简易的木头床边。其他的小床上睡着其他陌生的孩子，他们微微的鼾声让夜变得更加寂静。

"以后你就睡这了。"她说。不会痛先生感到很困惑：自己明明是有床的呀，就在家里，上面还有好看的蓝色斑点床单，为什么要我睡在这里呢？当他反应过来的时候，他发现自己已经在床上，换好了睡衣、盖好了被子，那个女人也已经不见了。

不会痛先生从那以后就一直在等。可是直到他长大了，再也不需要布熊了，那个把他带到床边的老女人告诉他"你已经年纪太大不能继续待在这里"了，也没有人来找过他。最奇怪的是，他想记住的越多，他能记住的也就越少。拼命想记住的父亲、母亲乃至哥哥的脸，在他的脑海里越来越淡薄。当他离开那张睡了十多年的床的时候，他甚至只模糊记得在童年有一个没有实现的遗憾。可那是什么？他已经忘了。

对于不会痛先生而言，独自长大并不容易。痛觉的缺失使他失去了对危险的预警：他时常在伤口发炎溃烂时才发现自己受伤。于是，没有痛觉的秘密也慢慢被公开。幸运的是，这里的人们并不介意——就算介意又能怎么样？一个已经被遗弃在孤儿院的孩子，还能再被流放到什么地方呢？又或者对于居民们而言，这个外来的孤儿至多只是一个新鲜的话题，仅供茶余饭后讨太太小姐们欢心，而和自己没有太大关系。

而他终究还是长大了，成为现在我们所介绍的这个，不会痛先生。因为众所周知的特殊原因，街区里人人都认识他，人人也都不讨厌他——甚至在买菜的时候，有时也会有摊主送他一把被拣剩的葱。他依旧生活在这个小小的街区，找了份打字员的工作，有着不高不低的薪水，过着不咸不淡的生活。

而今天不一样。这将是我人生中最值得纪念的一天。不会痛先生这么想着，小心地调整着衬衣领子之下的宝蓝色领带。这是平凡小姐最喜欢的颜色，这条领带也是平凡小姐为他挑的。没错，正如你所想的，平凡小姐正是不会痛先生的女朋友。平凡小姐真的很平凡：平凡的长相，平凡的身高，平凡的家庭背景，平凡的工作和收入。平凡小姐有一颗平凡的心，希望找一个平凡的丈夫。然而，因为平凡小姐太平凡了，以至于她已经三十岁还没有能够完成她平凡的愿望——

直到她遇到了不会痛先生。急于出售自己的平凡小姐以善良宽容的态度接受了不会痛先生的求爱，两人循规蹈矩地度过了恋爱的每个环节，和所有普通情侣相仿，交往三年，感情稳定。

这种情况终于将被改变了。就在今天，这个看似平凡的日子，不会痛先生决定正式向平凡小姐发出共度一生的邀请。他为了这一天已经准备了一个月之久：从订购价格不菲的蓝色玫瑰，到挑选最诱惑女人的钻石戒指——虽然那钻石很小——都亲力亲为。他确信她是一个称职的妻子：心灵手巧、贤惠勤快，还会做最美味的番茄炖肉汤；而他也自信是个好丈夫：不抽烟、不喝酒、不赌博，从不乱花一分钱。这样的家庭难道不是最平凡，也是最美好的吗？

这将会是完美的一天。不会痛先生想。他将戒指稳妥地放在外套的夹层里，然后小心翼翼地捧起玫瑰，穿上那双前一天晚上擦得光亮的皮鞋踏出了家门。马路上行人并不多，在咖啡馆附近窄窄的街口，也只有另一个人与他一同在等红绿灯。为了保护他的花，不会痛先生决定步行去约定的咖啡馆。他想起平凡小姐昨天在电话中吞吞吐吐地说"我也有话想告诉你"就感到万分兴奋：难道她终于想和我结婚了？他的步伐不由得因遐想而轻快起来，急切地走向那个有着他心爱姑娘所在的地方。

这个玫红色的绮丽幻想因一阵刹车声戛然而止。不会痛先生在听到尖锐的摩擦声的同时，他迟钝的皮肤才向他报告外来撞击带来的凹陷，而他也因此向前滚了出去——手中精心呵护的玫瑰已经不知飞到了哪里。

"喂，你没事吧？"一个光溜溜的脑袋从汽车的驾驶窗探了出来。不会痛先生认得他。那是差不多先生，因为他差不多的性格对谁都差不多，算是不会痛先生的老熟人了。

不会痛先生试着站起来，感到膝盖下方有酥痒的感觉，他低头一看，那里流出的汩汩的血把裤子黏住了。"怎么回事？"他一边将裤脚管卷起来，一边大声问道。

"我的刹车差不多能用，不过刚刚可能有点儿失灵。"差不多先生不好意思地笑笑，跳下车，打量着不会痛先生。"唔，只是膝盖破了点，差不多没什么伤，我的车速可是一点儿也不快。"

"等等，不是这个问题！"不会痛先生嚷嚷着，"你为什么要撞我？"

"为什么要撞你？！"差不多先生神情古怪地用夸张的语调重复着他的话，仿佛不会痛先生说了什么滑稽的事情，"我当然不是故意要撞你。先前不是有两个人过马路么？"

"对啊。"

"刚才说啦，我那个差不多的刹车刚刚有点儿失灵了，就快撞上你前面那个人啦。"

"那怎么是我受伤？"不会痛先生嘟囔着爬起来，疑惑地望着差不多先生。

"啊，事情是这样的。"差不多先生解释道，"被撞到的话多少会受点儿伤吧。"

"没错。"

"受伤总会疼吧……当然，你除外。"

"唔，好像是这样。"

"而疼痛对谁来说总是件糟糕的事情。是吧?"

"……我想是的。"

"所以啦，我想虽然不管撞到谁都要受伤，也就是说受伤是不能避免的了，但既然你感觉不到痛而他会痛，那就只能撞上你了。"差不多先生摊着手，一副很无奈的样子，"总要选择最小的损失嘛。这个选择的原因显而易见。"

"这么听起来似乎是没错。"不会痛先生捧着脑袋，觉得被绕得有点晕，"好像是这么回事儿但我又觉得不应该是这么回事儿……"

"别觉得不对劲了，差不多就是这么回事儿!"差不多先生笑眯眯地从地上帮不会痛先生把被压得扁扁的玫瑰花捡起来塞在他手里，"看你没什么事我就放心了。"说罢，他挥挥手，跳上车准备发动。

"喂……"不会痛先生冥冥中觉得自己应该留下他，于是又叫了几声，但或许是引擎声太响，差不多先生回应他的只有带着汽油气味的黑色尾气。

不会痛先生觉得有些糟糕，理想中完美的一天已经有了个不怎么完美的开头。他拨弄着怀里花瓣掉得七零八落的玫瑰，再看看自己带着尘土和血污的裤子，站在咖啡馆前今天第一次产生了胆怯的情绪。在店门口踌躇了半个小时、挨了店员无数个白眼之后，他还是决定进去。显然最终激励着他的，是平凡小姐在电话里的那句话——我也有话想告诉你。

无疑他来早了。他看了看店里的表，离约定的时间还有长长的一个小时。他点了杯便宜的咖啡，然后对着墙角，开始彩排他的台词。

平凡小姐，你愿意嫁给我吗？——不不不，这样太平淡无奇了。

平凡小姐，我就仿佛星辰围绕着月亮般狂恋着你，我希望在此刻让你成为我此生的唯一……——不行，这样她一定觉得太肉麻。

平凡小姐，你还记得上上上个周六下午我们路过的那个从这家咖啡厅出发第三个红绿灯左转的第三家服装店里的白色小婚纱吗？——这样好像又太迂回了，她会不会听不懂？

平凡小姐，我想向你求婚。——似乎太过庄重了，她会不会以为我反倒是在开玩笑呢？

平凡小姐，还记得我们第一次见面的时候吗？那时你穿着蓝色的印花棉布连衣裙和白色的细带凉鞋，头上是浅草色的草帽……——更糟糕！太啰嗦了！

平凡小姐……

忽然，他感到背后有人轻轻拍了拍他。他转过头，是平凡小姐。

"我来了。"她说，平凡小姐的脸看上去有些苍白，笑容却十分勉强。

然而不会痛先生却没注意到这些。他感到自己像当时第一次牵起平凡小姐的手那样心跳加速、手心出汗，一想到他即将去做的壮举就感到血液沸腾。

"来，坐下吧。"他说，"想喝点什么？"

让不会痛先生奇怪的是，另一个尾随而来的男性顾客接着也坐在了他的对面。那是个从来没见过的家伙。

"先生，你坐错位子了。"不会痛先生接过菜单，好心地提醒他。

"不，他没有。"平凡小姐小声地回答。

"什么？"不会痛先生低头翻着菜单似乎没听清楚，"你要什么咖啡？还是想试试喜欢水果花茶？"

平凡小姐没有回答他的问题。她犹豫了几秒，看了看坐在身旁的男人，还是郑重地开口了。

"我说，我们分手吧。"

不会痛先生握着菜单的手僵了僵，他发现自己刚刚像沸水一样奔流翻腾的血液忽然结冰了。

"你在开玩笑吧。"他虚弱地问。

"我是认真的。"平凡小姐在度过最难经历的开头之后，流利地说，"这是我的新男朋友，普通先生。"

她边上的那个男人似是鼓励、似是示威般地握住了她的手，目光炯炯地看着不怕痛先生。

　　"这到底是怎么回事?"不怕痛先生深吸了口气,试图让自己凝结的血液继续流动。

　　"我是在三个月前遇到普通先生的。"平凡小姐说。

　　"她正是我理想的女神。"普通先生接口。

　　"可是我想到了你。"平凡小姐叹了口气。

　　"我知道你们已经谈了三年。"普通先生略显沮丧。

　　"我谁也不想伤害。"平凡小姐摇摇头。

　　"可是总有人会受到伤害。"普通先生也摇摇头。

　　"但是他告诉我如果我离开他他一定会心痛而死的。"平凡小姐神情中带着哀愁。

　　"没错,我告诉她如果她离开我我一定会心痛而死的!"普通先生慷慨激昂地重复道。

　　"可是……可是我们谈了三年了……"不会痛先生有些词穷,结结巴巴地辩驳,"你不爱我吗?"

　　"爱啊!"平凡小姐天真地回答道,"你们我都爱,所以我谁也不想伤害……"

　　"而就算她离开了你你也不会心痛的吧。"普通先生抢白道,"你不是没有痛觉的吗?"

　　"所以既然一定要伤害一个,那也只能选择最小的损失嘛。这个选择的原因显而易见。"平凡小姐接着说。

　　"是这样,但总觉得这不是重点……"不会痛先生喃喃地重复着,"这根本不是重点……"

　　"最小的损失就是重点。"普通先生拍了拍不会痛先生的肩膀，像兄长般情切，"谢谢你的不会痛让我得到这么好的女人，她昨天刚刚答应了我的求婚。"他说着一边挽着平凡小姐笑容可掬地站了起来，"今天来也就是想告诉你这件事，说完就该走啦。我们一会儿要去看婚纱了，就是那件从这家咖啡厅出发第三个红绿灯左转的第三家服装店里的白色小婚纱。"

不会痛先生目送着他们离开。那对挽着手的情侣背影是如此亲密无间，让他不由得感慨爱情的美好。只可惜出于"显而易见"的原因，他总不是美好故事里的主角，心中空落落的感觉使他眼眶发酸。

沮丧的不会痛先生带着压扁的玫瑰和没来得及送出手的钻戒独自离开了咖啡厅。他只想赶快回到自己杂乱但温馨的小房间里，依靠拥挤的空间填补心里的空缺。所以当他看到公寓的楼道口被一对夫妇堵住时，是相当不耐烦的。

"让一让好吗?"他语气不善地说道。

前面模模糊糊地传来了一声"他来了"。接着其中那个女人"啊"地惊叫了一声，猛地转了过来。那张脸上的皱纹显示她并不年轻，但不会痛先生却觉得极其熟悉——这像极了自己每天早晨刷牙时对着镜子见到的那张脸。

紧接着，她边上的那个男人也转了过来。那双和不会痛先生一模一样的眼睛凝视着他，缓慢地开口印证了不会痛先生的猜测："我们是你的父母亲。"

在带着他们上楼时，不会痛先生突然像个见到陌生人的小男孩一样紧张又局促不安。他不由自主地猜测着他们突然出现的原因，却又毫无头绪。事实上，他明白自己是有答案的——一个让他一想到就忍不住心跳加快的答案——但他宁愿依旧将那个答案埋藏在心底而无视它的蠢蠢欲动。就像他曾经做的那样。

而当他们真正坐在自己面前时，不会痛先生却有一种或许心底的那个猜测并非没有可能的预感：那对夫妇看上去是如此亲切，尤其是那女人盛满泪水的双眼似乎带着无穷无尽的痛苦与更多更复杂的情绪，这让他心底莫名其妙地飘出好多充满希望的泡泡。

"孩子，让妈妈好好看看你……"那女人说着，将手抚上了不会痛先生的脸颊。她的泪水把妆都花了，睫毛膏在她的眼睛旁留下两团滑稽的黑圈，"你都长这么大了……妈妈对不起你……真的对不起……"

不会痛先生似乎还保留着童年时代的本能。他感到自己一点也不排斥与他分别了二十余年的母亲的亲密触碰，他甚至在这位生理与名义上都应当是他母亲的女人的连声道歉中寻找到了长久以来缺失的宽慰——过往的记忆被翻了出来，这种满足感就像是一份很久以前因为缺损而没有拼成的拼图，久得你都快忘记了它的存在，却又在忽然有一天找到了丢失的最后一块。坦诚地说，他并不怎么怨恨独自长大的经历，但却也和每一个待在孤儿院的平凡孩子一样有过对家人渴望——尤其是那份遥远的温馨美好其实并没有真正被淡忘。

"你……过得好么?"男人问他。

"嗯。"不会痛先生木讷地点了点头。思前想后,他似乎不知道该说些什么。告状说九岁时有人抢了他的玩具?抱怨在五岁的时候被个子高的孩子欺负?或者谈谈十五岁那年不小心摔断了腿还去上课,直到体育老师发现他跑步时的异样才把他送进了医院?哪怕是今天发生的一切,就有很多事值得说吧。

但他觉得,这些事在此刻忽然不值得一提,于是只能作出这样简单的反应罢了。与父母重逢的场景他并不是没想过——事实上,这种想象占了他童年很大部分的时间。然而,这样平淡的开头是他所料未及的。这让他几乎都相信了自己这些年确实过得和每一个平凡孩子一样快活。

"那就好。我们也都挺好的。"父亲说,"家里房子没搬,还是在隔壁那个街区。"

"隔壁?"虽然时隔多年,不会痛先生还是记得当时自己走了很远很远的路,才来到现在自己住的地方。

"对啊。唔,走路的话也只要半个小时,意外的近吧!"

确实很意外。现在想来应该是当时年纪小,把短短的路程当做世界上最遥远的距离看待,也就绝了自己回去的念头,傻呆呆地等在原地。当然,不会痛先生没有愚蠢到问出"既然那么近为什么没来找我"这样的蠢话。他直觉地认定这个问题得不到他期望的回答。

"还有,你哥哥,现在在外包公司找了个工作,去年已经结婚了。"

对了，我是还有个哥哥。不会痛先生在心里默默地想。可是至于他长得什么样、有怎样的脾气，他却是已经完全不记得了。那是一个像陌生人一样的哥哥，或者说，是一个被叫做哥哥的陌生人。但是他明白自己的反应不能太过淡漠——毕竟现在在讨论的人，是自己的哥哥。"啊，那样真是太好了。"他听见自己这么回答。

"好什么呀，只是个小职员。"母亲终于哭完了，她边抹着脸——这让她的妆花得更厉害——边抱怨似的说，"每个月五六千块钱，只不过比隔壁家的儿子多个两千块罢了……"

而事实上，五六千元的收入在小小的街区已经算得上是相当不错的了。不会痛先生想到自己两千块钱的打字员工作，不禁有些汗颜。不过所幸父亲打断了这个让他如坐针毡的话题。

"哦对了，"他在桌下并不很明显地踢了母亲一脚，结束了她关于收入的絮絮叨叨，然后开始掏出了钱包，"你还有个妹妹。"

"妹妹？"

"是的。比你小七岁，还在上学呢。"

不会痛先生接过钱包，看到在摆放信用卡的透明夹层里，有一张两寸左右的照片。那是个大约十七八岁的女孩。皮肤白嫩，睫毛浓密，脸上还有两个深深的酒窝——怎么看都是个讨喜的小姑娘。但也仅此而已了。如果说哥哥起码知道有这样一个人的话，那这个妹妹就绝对是从天而降的。看着这张照片就像看着其他白白净净的女高中生相片一样，难以激起他任何的情绪波动。

他抬起头，看见那对夫妇仿佛期待着什么似的望着他。他有些窘迫地咽了咽口水，略带迟疑地评价道："嗯……很漂亮。"

"当然！"母亲显得很高兴，又有点骄傲地回答，"我这个女儿呀，学习又好，人也乖巧听话，活脱脱就是个小天使呢……"可是接着她像是想起了什么，又忽然沉默了。而父亲在把皮夹递出后也就不再言语，于是房间里的气氛变得静谧而诡异起来。不会痛先生相当不会应付这样的场面，但他觉得作为主人自己有义务说点什么。

"呃……发生什么了吗？"

他绝没有想到这句话仿佛一个特殊的指令一般具有神奇的魔力，场面上的局势发生了戏剧性的变化：父亲忽然变得忧愁起来，开始连连地叹气；母亲的眼泪则像是饿了半个月终于看到天地的蝗虫倾巢而出。

口拙的不会痛先生显然被这突如其来的变故吓了一跳，连话也说得结结巴巴："怎么、怎么回事……？你别哭呀！"

母亲拿着不会痛先生递来的面纸，仍旧在不停地抽泣着难以成言。父亲看了眼母亲，显得有些为难地开口："是这样的。你妹妹，"他指了指不会痛先生手中的钱包——准确来说是相片，"在三个月前被查出患上了严重的肝病。我们尝试了很多家医院，医生都说没办法医治了。直到一周前一家公立大医院的专家告诉了我们一个唯一可能的救治方法。"

说到这里，他顿了顿，似乎是在观察这个唯一听众的反应。当不会痛先生意识到这双与自己如此相像的眼睛如此专注地、试探性地看着自己，猛地感到一阵恶寒：只是他不知道这种不祥的预感到底从何而来。

显然那双眼睛的主人并没有观察到不会痛先生不适的感觉，他继续说了下去。

"也就是活体肝移植。所以……"

不会痛先生觉得之前心底那些缓缓升起的泡泡不知在什么时候被戳破了，这让他的眼眶也不由得胀胀的。只要有那么一点头脑的人或许已经明白了那句未完的话是什么意思。可是此刻，他宁愿做一个听不懂话的呆瓜。他听见自己干涩的嗓音依旧傻乎乎地问："所以什么？"

"所以什么？！"母亲大声重复着他的话，然后夸张地哭喊起来，"这么多年来是妈妈对不起你，但是妈妈求求你，救救你妹妹吧……求求你……"

不会痛先生僵硬着身体，不知该做何回应，"你们的……不行吗？"

母亲一窒，接着却哭得比刚才更大声了，"妈妈就知道你没原谅我……妈妈给你道歉还不行吗……求求你，真的求求你……"

他看着这个即将步入暮年的女人卖力地在他面前痛哭，

突然竟觉得那张哭花的脸十分滑稽可笑。不不不，应当说这里，最可笑的是自己，比沾满睫毛膏的脸还要可笑。那么多年了，还抱着怎样不切实际的幼稚想象呢?！早该明白他们的出现，绝不如同自己最开始想的那么简单。或许本身就是自己想得太多，才会有了这么不在情理之中的期待吧。甚至他还应当感谢这件事的发生，才让他见到了阔别多年的父母，甚至有幸知道自己多了个妹妹。

这么想想，反倒平静了下来。他深吸了一口气，平复了心情，单纯地询问面前的父亲，"那么，不是还有哥哥吗?"

"这个嘛……"父亲犹豫了一下，似乎并不怎么想说原因，好像那个原因相当难以启齿。

"说吧。"他十分平和、坦诚地看着父亲，"救妹妹是我义不容辞的责任，我不会逃避。只是我想知道哥哥他怎么了?生病了吗?"

"真的吗?"父亲惊喜地问。

"真的，所以你说吧。"

"呃……因为你不会痛啊。"父亲低声地嘟囔着。

"什么?"

"其实这个选择显而易见。"父亲抬起头来，像是决定和不会痛先生干脆说个清楚，"你哥哥没有生病，也没有任何问题。其实我们家任何一个人作为捐赠者都相当合适。我们来找你的唯一原因是因为你没有痛觉。"

"这对做手术有任何的帮助吗?"不会痛先生感到有些不

可思议。

"帮助嘛谈不上。可是……"

"可是这样能省下整整五百块钱的麻醉费呢！"坐在一旁的母亲不知什么时候开始不哭了，反倒略显兴奋地在一旁补充，"因为是大手术，所以价格也格外的贵，还是让医院打过折的价格呢，这家医院的医生都太抠门了……"

与之前冰凉的知觉不同，不会痛先生感到一阵难以抑制的怒气涌上心头，烦躁的情绪像一只膨胀到极点的气球即将炸裂。这个仅仅是他工资四分之一的数字莫名而强烈地刺激着他，使他心头熊熊的火焰越烧越炽，烫伤他的神经。他清楚自己并不是生这五百块钱的气——相反，他觉得钱是世界上最无辜的东西——但他却不清楚怒气的源头是什么，不清楚该怎么宣泄，更找不到发泄的对象，于是只好保持着和煦的笑容允诺下一次见面的时间——事实上母亲希望他在下周直接就去医院报到——然后像所有模范的好儿子一般将父母送到楼下，与他们挥手说再见。

站在公寓楼的门口，他发现此刻已经是傍晚。一楼透着橘黄色灯光的厨房里传来炖汤的香味。是番茄炖肉汤吗？不会痛先生猜测是自己最喜欢的那道菜。或许回去能让平凡小姐再给自己做一次呢。但随即，他又沮丧地意识到下午平凡小姐成了别人的新娘，再也不会有人给他做番茄炖肉汤了。油烟的气味和夹杂着低语的翻锅声让他觉得昏昏沉沉。他眯着眼抬头，看见天边一片鲜艳的晚霞，像燃烧的火海侵蚀着青灰色的天空。

这让他想起了在过去三年的无数个傍晚，每次约会结束后被他送回家的平凡小姐。他们像每一对约会完的平凡的情侣那样手牵着手走着，聊着现在想来极其乏味的话题。他还记得那段短暂而快乐的时光中红彤彤的光照下身边那一张女性的脸庞，他总是那么专注地注视着她，担心她玩的不够开心，或是深思熟虑每一个对应的回答——只是若让他详细地描摹那张脸庞，他却又难以诉说清楚，像是蒙了层纱让他的记忆看不正切——或许是太过普通了吧。

现在的这个傍晚看上去和之前没有任何的不同。云彩依旧红得耀眼。可是就连那张记不住的脸庞也不在了，只有他一个人傻瓜似的站在公寓楼的门口呆呆望着天空。此刻，他忽然很想亲近这片一直被他忽略的火海，在这个不再有平凡小姐陪伴的傍晚。

于是他一路小跑，冲上了这个街区里唯一的一座天桥。在这个时间，那里没有行人，只有一个年轻的小乞丐百无聊赖地缩在栏杆边上打瞌睡，在听到响声被惊醒后，热情地打着招呼。

"嘿，不会痛先生。"

"嘿。"他回答。

"不回家吃饭么？"小乞丐靠着栏杆，懒洋洋地问。

"我不饿。"不会痛先生想了想，还是决定这么回答，"你不觉得今天的晚霞很棒么？"

"每天的傍晚还不是都一样。"小乞丐兴趣缺乏地回应道。

"不，不一样。今天的晚霞特别红，像一团火在烧。"不会痛先生陶醉地仰头望着天空，仿佛彻底被这团晚霞迷住了。

"啊，我知道！这个颜色，不就和昨天那人的血一样么！"小乞丐突然来了兴致，猛地坐直了。

"什么？"

"你还不知道吗？昨天有个人从这个天桥上跳下去啦。只听见那么'啪'的一声，然后这样的颜色，"他兴奋地指指头顶的天空，"就溅开得到处都是。"

"你不害怕么？"

"怎么会！我什么没见过。"小乞丐骄傲地说，"我还想知道那么摔下去到底疼不疼呢。你说人死了还会有感觉吗？"

"这……我不知道。"不会痛先生感觉自己被难住了，有些抱歉地摇了摇头。

"啊，也对，你没死过。"小乞丐眼睛一转，笑嘻嘻地建议，"有机会你倒可以试试看，你是不会痛先生，和别人可是不一样呢。"

是啊，我是不会痛先生，和别人可是不一样呢。不会痛先生觉得他说的很有道理。自己为什么会感觉不到痛？不会痛先生第一次开始认真地思考这个问题。或许还是外部的刺激不够强烈吧？但是从那么高的地方摔下去，说不定就能感到痛了呢！

　　他觉得这个建议很好，并且跃跃欲试。说不定这一次，能够感觉到痛的滋味——就像每一个平凡的人一样。而当变得和一个平凡人一样的时候，所有的问题也就迎刃而解了。他再也不会被车撞了。平凡小姐会回到他的身边。父母会突然告诉他其实刚刚的一切只是个拙劣的玩笑，妹妹没有生病，他们正煮了锅美味的番茄炖肉汤等着他回家。没错，说不定一会儿回去就有番茄炖肉汤吃了！

　　他仿佛已经在空气中闻到了肉汤的香味。于是不会痛先生带着满足的幻想，愉悦地站直了身子，然后把左腿跨出了栏杆，接着是右腿——这样他就两腿悬空地挂在了栏杆上——最后再放掉了抓着栏杆的手。

　　"喂，痛么？"天桥上传来小乞丐的喊声，而天桥下过了很久都寂静无声。

　　"我想大概对他来说还是不会痛吧。"小乞丐满脸失望地嘟囔着缩了回去，决定继续打瞌睡。

科学比喻　陈先璇

一颗科学荔枝

"那些科学家说，星星的光都是太阳的反射光。他们没有去过那些行星，仅依靠一些铁和玻璃片观测，怎么能确定呢，就算他们去到了，又如何分得清笼罩他们的光是从地面来，还是从天空来呢？"

"你太天真了，荔枝，证明这个很简单。如果一个星球，一面是亮的一面是暗的，那么它就不是发光体。"

"万一它的确只能如此巧妙地发光呢？"

"不会所有的星星都如此，而且……"

"没有去过的人谁会真正知道呢？"她坚定的眼神闪闪发光。

"唔……"

"去过也未必知道。"

她的语气像在享受我的语塞，这是荔枝的奇妙科学理论。虽然我不想说，但我的好朋友的确是个怪咖，从小到大愈演愈烈。而我，又是她唯一的科学知识听众。我只能听着。

八岁起，她就不信人是猴子变的，没有亲眼看到的，就不是真的。她比较相信，体育老师是羚羊变的，阿红是长颈鹿变的（可怜的阿红脖子很长），爱人是芦苇变的，恶人是鳄鱼变的。

整个小学时代她都针对着自然课老师，只要那脱发的男老师在，她就会尝试用眼神发出空气光波洗清他残破的科学知识，并要我承认他是秃鹫变的。

十二岁起，她会说，当小行星靠近地球一定距离时，就会被万有引力强制拉近地球来。不光是星体，太空垃圾以及卫星、外星人都有可能因此光临我们的地球。同样，这也是远离地球的一个通道。

大约过了两年，她在流星雨降临的某天，绕着学校外面的街区骑了一夜的自行车，说是找适当的机会穿越时空。当然，我宁愿相信她是在接陨石赚外快，要不就是作为荔枝版科学研究素材。

整个中学年代她都沉迷于对行星的各种奇说，以及对现代自然科学的摧毁。

到了十八九岁，她糅合了以往的经验之谈，谋和各种奇思妙想，组成了一大波理论威武地向地球人袭来。

我只能说——

我真的不觉得太阳光里能够提取激光，或者学会催眠就能一直催眠坏人直到他饿死，树根也是树枝之类的。

反正我最不信母亲诞下孩子等同于细胞分裂。荔枝说，因此她与她母亲是一个共体，情感相同，精神状态也永远相连。

但看起来我是她唯一信任的人，对此的责任感我还是有的，在她问我"你到底信不信呀"的时候，我只能点头"信呀信呀"，再慢慢转移话题。

猜谜

眼前的这位大叔就是曾光荣登上荔枝科学榜的羚羊——体育老师。时过境迁，羚羊竟成了我的姐夫。我们在小学门口偶遇，此刻正结伴穿过学校后山下的绿荫小径，前去不远处的酒店为亲戚祝寿。

羚羊变身姐夫的事我至今不敢告诉荔枝，因为登榜的人大多是荔枝特别痛恨的人，甚至不愿意见到。虽然我实在不明白其中的缘故，荔枝也含糊地回答过说是老师不让她参加长跑比赛，但是这实在是很勉强，毕竟荔枝到现在也生生厌恶提起这头羚羊。

我说起这个苦恼后，顺便为羚羊姐夫解释了一下荔枝进化论。羚羊听完后，若有所思。

"欸？你是说，她把恶人当成鳄鱼变的，而把自然课老师当做恶人，那自然课老师岂不是鳄鱼了？这个比喻很有意思。"

我耸耸肩说："这不是比喻，她好像确信那是真的。"

"欸！"他突然发出的声音吓了我一跳，"你是真的不知道那件事吗？"

"哈？什么？"

"鳄鱼的事，比喻成鳄鱼的事。"

我使劲摇头。

"鳄鱼啊……"他喃喃自语一般，"那件事知道的人不少吧，你是她好朋友，反而还是个秘密。"

我有点心急了："到底是什么事？"

"噢，就是，"他从沉思里走出来，语气郑重地讲下去，"自然老师曾在这里对荔同学做过不好的事情。"

"不好的事情？"

"唔，假如荔同学被什么追逐着，然后不小心跌倒了，追逐者扑上去，对方又是身材相对硕大的大人的话，是不是就像鳄鱼一样可怕呢？"

我已经抑制不住我惊讶的神情了，双腿沉重得迈不开步子。"你是说，自然老师？"

羚羊一本正经又满脸同情地说着："欸，可不要误会，你听我仔细讲。那时喜欢夜晚跑步的我恰巧路过，正撞见自然课老师变身鳄鱼，我一声喝下，他完全不理我。我小心地上前去，只见自然课老师费力地爬起来，一手狠狠地抓住小荔同学的手腕。她一个劲地挣扎，但咬着嘴唇不发出一点声音，只是鼻子里压不住嗡嗡的响。月光下还是看得清她满脸的泪痕。大鳄鱼竟然朝我吼：'我们家的闲事！外人不要管！'我肯定不信的，追上他挡在他们面前。'难道她是你女儿？对女儿不可以温柔一点吗？'鳄鱼对我的好心嗤之以鼻，说：'我是后爸，见过后爸温柔的吗？！'我这才明白，之前听说过自然老师勾搭上学生的母亲，准备要结婚的事情。几下联想，我真的没法管这事情了，心里请求，但愿她的母亲为她讨个公道，于是鄙夷地看了一眼鳄鱼，退开继续跑步了。不过这只是羚羊和鳄鱼的缘由。还有长颈鹿，不是吗？你还记得阿红吗，其实我觉得她脖子并不是很长的。那晚我转身就看到了不远处路灯下的阿红，隐约分辨得出她手里的银杏叶子，应该是刚捡的。现在我再一想，荔同学那晚拼命不哭叫，就是为了让阿红猜不出暗处的人是谁，好保全自己的声誉。"

我听完很难过。荔枝心里一定还隐藏着这一段伤痛。

"她肯定觉得有这样的后爸是个耻辱，当时大家都爱笑自然课老师的秃顶。"

"幸好后来她母亲并没有和自然课老师结婚吧，风言风语在学校老师间也传得火热。"羚羊说，"可是芦苇呢？"

解谜

和羚羊姐夫分别之后，我朦朦胧胧坐在楼下的自行车上，这时才想起，彻底忘记回复荔枝电话了。我慌慌忙忙掏出手机来，"荔枝……"

"我有了一个通道！"她抢先说，冷静的语气抑制不住语速变快的兴奋感，"可以把我送到月球上。月球的中心有许多城市，天空是淡淡的黄白色，种满了芦苇，风不停地抚摸它们。云是透明的，但摸起来是湿润的。"

"嗯，不过很难理解。"

"是的，云就在城市的屋脊上，我们爬上房顶或者山腰，它就低低地沉在我们身边，云沁湿了芦苇田，芦穗软软地抚摸我的脖子，湿润的芦花很漂亮，不鲜艳的淡紫色，但很纯洁。我可以依偎着她——用女字旁的她形容这美好的事物——我也可以在芦苇中奔跑，穿过芦苇，和她在一起，站一会儿，把衣服都湿透。起风后，花絮被吹散，在空气中弥漫，慢慢地会看不见整座城市，看不见脚下的土地，世界只剩下我和芦苇田……"

我感觉得到荔枝还在充满感情地叙述着这一切，我仿佛看到电话那头她复杂的表情，随着声音波动起伏的嘴巴，紧挨着旧得发灰的固定电话。我还是走神了。

我又想起一件事来。高中军训的时候，荔枝就在我旁边，她整天都要听我唠叨我又喜欢谁了晚上吃什么巴拉巴拉，而她不怎么说自己的事，一说便语出惊人，小小的嘴巴里全都是奇幻无比的事情。比如某天出早操时，她跟我讲起她对"鬼魂"和"第四空间"的新理论，并拿出有力论证说："军训这几晚，我遇到两次鬼魂。昨天晚上，鬼影又出现了。它飘到我床头斜对的卫生间门边，抬起头来幽幽地看了我一眼，吓死我了，我一夜没睡着。"

我听得心颤颤的，虽说不怎么信但午觉时的噩梦证明我被吓到了。荔枝可就在隔壁寝室，若要说有鬼，那我这间也跑不掉了。

没料到的是，荔枝第二天又老话重提，说是夜里再次遇鬼，不仅幽幽地看她，还发出噼里啪啦的声音。我正一脸恐慌，在我们附近站着的一个女孩大声吼道："够了，用不用这么幼稚地指桑骂槐，当我白痴吗?!"

我莫名其妙地看看那女孩，又看看摆出一副"你继续说我听着"模样的荔枝，完全在状况外。

"不就是回去晚了点吗，看你一眼怎么了？就愿意用那么讨厌的眼神盯着你，就要玩手机噼里啪啦，怎么地?"

我不知是一头雾水还是恍然大悟，就是无话可说，反正之后荔枝没有再提起这件事情。

"你还有在听吗，桑？哎，我说我们待会见。"

"好，好。"

我开始不得不考虑荔枝科学理论里面富含的代指意义了。假设鳄鱼和鬼理论不是巧合的话，从概率上讲，荔枝极有可能不是个科学家，而是小说家。

　　想着我已走到我们常见面的地方。荔枝正捧着一杯水喝着，我在她对面坐下，她赶忙把水杯扔一样地置在桌子上，洒出来不少沾到她裤子上。她一点没有发现，一心将身子向我这边倾来，兴高采烈地说："是去月球的通道，我们有去月球的通道！"

　　如果不是认识了她很多年，我真以为我面对的是一个疯子，至少隔壁桌客人的异样眼光证明我的感受是正常的。

　　富有激情的荔枝和我谈了很久之后，忽然落寞地来了一句："我很想离开地球。"

　　"这种事想一想就可以了吧。"我玩弄着陶瓷杯的手把，趁着难得的情绪氛围，试探地说，"其实，鳄鱼的事，我知道了一点。"

　　荔枝撇撇嘴。"嗯？你不是一直都知道吗？"

　　"我是说自然老师变成鳄鱼的事。"

　　荔枝愣了一下。

　　我把那件事情委婉地用两三句话复述了一遍。

　　"不是的。"荔枝表情很是不自然，"怎么是鳄鱼了？你忘了，我说他是秃鹫的。"

　　"话是这么说，"我也有点动摇，"比方说长颈鹿……"

　　"喂！不要再说了。"荔枝制止了我，"不过是你硬拉上关系的推测。"

"那，有鬼理论呢？"

我第一次看到荔枝无言的样子。她起身来，我以为她要走了，没想到她是借由居高临下的姿态，质问我说："你是不是不相信我说的话？"

我这下子真不知道点头还是摇头好了。

羚羊姐夫说，我不应该讲出来让荔枝难堪，正如他不该大嘴巴八卦荔枝一样。我们俩都有点后悔。

但作为荔枝十多年的衷心听众，我真的很好奇我听到的究竟是理论还是故事，好比她讲的都是谜语，而我一直在谜面上漂浮着，殊不知还有深深的谜底，就这么漂了好几年。

几天的假期很快就要结束了。荔枝没有手机，打到家里去也没人接。不久我在街上碰见荔枝，想问问有没有别的方式找得到她，只见她的神情很是尴尬，一点没有想聊几句的意思。后来又碰到一次，她假装没看到我，一拐弯不见了。

大叔说，从荔枝的这种反应来看，她是个极其维护自尊心的人，所以她从来不跟我提起家里的事，反而用科学理论来掩盖。

就像她原名叫立志，却从来不主动提，人人都得叫她荔枝。

但，也许是那天，她问我"是不是不相信"时，我长时间大脑一片混乱的犹豫。又可能是，越长大越不认真对待荔枝科学理论的我，一次比一次敷衍她已察觉。我懊恼不已，每次我回应荔枝的都是一连串的"嗯"、"啊"、"不会吧"和自以为聪明地转移话题，傻子才不会察觉吧。

有天傍晚我在荔枝家楼下，堵到回家的她。她看起来愠怒，眼神闪避。认识她这么久，我只看到那个满嘴科学，永远没长大的小丫头，万万没想到她还有这样敏感到极点的一面。一次询问，一个鳄鱼故事，就像一捅尖刀，戳开她内在的伤痕。

我羞愧难当，看起来她也是。

"并不是什么都不信的。"话一出口我就后悔了，这是在说什么呀。

她看着我，走过我，然后忽然转过头来说："总有一天我会找到月球的入口的。"

她好像是释然地笑了，但笑的幅度太小，小到看不清表情的变化。

我终于明白了，她就是个逃避现实的人。

谜底

我的内心一直在徘徊，脚步也是，在荔枝家下蹀步。那是一个有风的阴天下午，我鼓起勇气走上楼去。

然而到达时，我的头好似被击打了一下，脚步条件反射般地僵住了。

门大开着，里面空空荡荡。地板上面散落着发黑的报纸、发黄的塑胶口袋，废弃的生活用品集中在一角，只有家具摆放留下的灰尘还描绘着当初的痕迹。好似凭空消失，就这么，一切烟消云散。

说起来有点好笑，第一时间我想到的是，荔枝她找到去月球的通道了。

我原地立了很久，理不出个头绪。一回头，看到对面与荔枝家类似的铁门。敲这家门的时候，我才感觉到我多么焦急多么不安，我使劲使劲地砸着门。

那个脸黄生斑烫着僵硬卷发的中年女人絮絮叨叨解决着我的疑问："她呀，我猜是为了躲她前夫。她那个前夫最近又三番五次地找上门，还是像以前一样吵吵闹闹乱摔东西。她家女儿，哎呀，从小哭到大，夜夜哭，谁听了受得了？每次吵架就能听到她扯着嗓子喊'不要打妈妈不要打妈妈'，哭得好像再这么下去那孩子就要魂飞魄散了。刚开始他们离了婚我都以为能消停（一边说一边瘪嘴摆手），谁想到两个人反反复复离婚复婚。没复婚的时候，那个女人也会带其他男人回来，带回来的男人也不是什么好东西，她前夫知道了又来吵吵闹闹。一个女人任性放荡，老公也是个懦弱的赌徒。唉，生在这样的家庭真可怜。"

扣上铁门以后，中年女人最后那句话在我耳边嗡嗡地叫。我迈进荔枝空荡荡的屋子，窗外吹来的风，掀开窗帘，拂动了地上轻飘飘的纸袋。

　　我眼前的这里，仿佛化成了一摊浅水，生长着漂亮的芦苇，一条鳄鱼游了过来，又一条鳄鱼，来了又去，芦苇沾了泥点，河水充满了污垢，一个小女孩走过来，躺在芦苇上，仰望月亮。

　　故事和现实完全契合，这就是个比喻，大大的比喻。

　　然而我懂得了真正的她，却失去了她。

　　荔枝走后的第一个中秋节，天气很好，月亮刚出来就圆得通透。我守望着月亮，想着那颗科学荔枝，不知道她现在过得怎么样。

　　爸爸下班回家，放下两手满提的东西，从西服口袋里提出一张纸片递给我，"门卫说有你的信。"

　　我接过来一看，是一张描绘嫦娥奔月的明信片，翻过来，寄信人一栏写着：一切安好。来自月球的芦苇村，荔枝。

哭声

楼上有女人在哭。

他弹了弹左手间夹着的香烟，把烟灰敲在了桌上放着的一次性水杯里，右手插进自己脑袋上的那丛鸡窝里，颇为郁闷。

楼下的小孩刚练完《金蛇狂舞》，楼上哪路神仙又开始练声了？他忿忿地想。

女人的哭声断断续续的，每一次抽泣却长得很，莫名地让人感到心烦意乱，仿佛这个女人不是为了发泄心中的难受似的，却像是有人拿着一把钝刀，在一整匹布上反复地磨，丝线将断未断，叫人一口气堵在喉咙口，怎么也喘不过来。

他绷直了自己的背，双眼紧紧地盯着眼前的笔记本电脑，看上去是要把眼前的白屏盯出一个洞来。

后天就要截稿了，你已经被编辑夺命连环 CALL 了，可你现在只写了小一万，还有另一万字在你的脑袋里藏着掖着呢，再不把它们挖出来下个月就等着揭不开锅吧！

他严肃地警告自己，告诫自己要摒除一切外界的干扰，甚至不惜用下个月的伙食来威胁自己——民以食为天么！这总该有效了吧？——他作如是想。

然后，他狠狠地把烟咬在自己的上下牙床里，在一片莹莹的白光里摸上了键盘。

可是没敲上几个字，一个古怪的念头又从他的脑袋里钻了出来：咬得这么紧，香烟屁股上该是碾出牙印了吧？他一边这么自问着，一边就放松了自己的下巴，蓦地，一阵酸痛从自己的腮帮子上传来，让他狠狠地打了一个激灵。他的耳朵里又传来了楼上那女人的哭声，在这漆黑的夜里显得特别的凄凄切切。他使劲地甩甩自己的脑袋，却怎么也甩不掉。

他颓然地松下了自己的腰，把背砸在身后的椅背上，"吱呀"一声，榫头松动的木椅子整个在他的那一股大力下向后晃了一下，他死命地用右手抓住桌沿，才稳住了自己的重心。

楼上的女人还在哭，不愿意停下来。

他狠狠地吸了一口香烟，心里突然升起一股子邪火。

哭什么哭？他在心里怒骂道。有什么好哭的？老子写不完东西下个月没饭吃，都没哭出来。你哭什么？哭你家男朋友不要你了吗？好吧，就算是他不要你了，可你哭这么响干什么？你不让自己好受，也非要拉个人给你垫背吗？

他坐不住似的在椅子上扭了扭自己的屁股，让椅子又吱吱呀呀响了起来。他想站起来，踌躇再三却又硬生生地压下了想要冲到阳台上去大吼一声的冲动——别人都没骂上呢，我出去当那把枪算什么回事？

他有些不安地看了看自己的四周，房间的墙壁上沾着点点油渍，在电脑屏幕的映衬下显得特别的黄，像是在提醒他——这幢房子到底有多老、隔音效果有多差。他突然开始怀念起楼下小孩的《金蛇狂舞》了。起码，别人还算是民族管弦乐，楼上的这位确是彻头彻尾的噪音了。

牙齿狠狠地碾平了香烟，他的眼前浮现出这样一幅画面——他好像不再是他自己了。他的灵魂从他的躯壳里幽幽地飘出，停在对面的那一幢写字楼上，处在下方的老公房里的情景一览无余，就好像他写小说时的神视角似的。放眼看过去，五楼有个长头发的女人在幽幽地哭，四楼的自己整张脸被电脑屏幕照得惨白惨白，三楼孩子的单亲母亲正小心翼翼地把古筝架子收起来。每一张脸都是模模糊糊的，甚至他自己的脸。他努力地在自己的脑海里搜寻自己的相貌，却想起来，他已经有好几天没有走到一楼公共厕所的镜子前了。

他的心突然就软了下来。有什么办法呢？他要是有钱，就不会住在这里，他要是有钱租得了新一点的商品房，又何至于在这破败的上个世纪的老公房里啃着方便面过日子呢？他这么想着，一边努力把自己的魂儿又压回自己的身体里，视线缓缓地转过房间里的每一样东西：唯一称得上是好东西的只有眼前的这台笔记本电脑。如果把这台笔记本拿走了，便只有这地上摆着的方便面盒子能够让人看出这是一间二十一世纪的房间，而不是上世纪九十年代，或者更早。

他突然变得百无聊赖起来。这会儿，屏幕上的白屏也变得不那么可恶了。他觉得自己是麻木了，拿什么都激不起自己一丁点的热情。有人说写文章就像是在献血，键盘上的每一个键位都像是一根一根的毛细血管，手指敲上去，人的精血就一点一点地被吸走了。他还是个小孩的时候不相信这个，觉得全天下没有人比自己更会写文章，哪一篇不是信手拈来，毫不费力的呢？可三年就这么蹉跎地过了，他仿佛也成了别人口中的那个写手，电脑就像是个吸血鬼一样，在每一次敲击中默默地抽走自己的才情，最后要逼得他江郎才尽。

楼上的女人依旧在哭，气息绵长，好像怎么也哭不累，又或者，那女人是打定了主意要把自己哭到筋疲力竭。

他想，好吧，我认输了，今天绝对是写不出什么狗屁的一万字了，干点别的算了。

他认命地打开了自己藏在书桌底下的无线路由器，插上耳机，一口气开了好多个网页。

他随手点了一部据说评价很高的枪战片，就把这个页面最小化了，转而把自己的微博拉到最上方。耳边充斥着听不懂的鸟语，和"突突突"的机关枪的声音，他的心情又莫名地愉悦了起来，一个一个回复别人对他的@——当然，这是他的小号，这会儿他还不敢上他的大号被编辑催稿。关注他小号的人虽不及大号来得多，可放在普通人眼里也绝对是个名人了，近两千的粉丝，是他在一场又一场的掐战和卖小清新里培养起来的。他前两天用自己的小号抱怨楼下的小孩练琴扰民，更是为他培养了一大批同在水深火热里同志们，留评的数量刷出了他的历史新高。微博下各种各样的抱怨都有，从扰民谈到教育体制问题，从国内转向日本的一起有名的谋杀案，最后还有一群粉和黑在下面互掐，好不热闹。

回复完评论，他想了想，把光标移到输入框里，又写了一条新的微博。

"《金蛇狂舞》练完了，仍旧不得安宁。有女人在楼上哭。烦！"

也不过是几分钟的时间，评论就飘到了二十几条。

"这都快凌晨了吧？哪位妹子这么好的体力？博主辛苦了。"

"唉？您老这是时运不济吧！不过现在的人也太没有公德心了，都这个点了还哭什么哭。"

"话说，您老是不是想来个英雄用他温柔的目光抚慰了美女受伤了的心？"

"楼上 +1"

"楼上 +2"

"楼上 +10086。"

……

他扯了扯自己的嘴角，尽管他自己不知道，但他确然是笑了。

微博真是个好东西，粉丝多的时候尤其好。

你说一句话，下面一群人为你摇旗呐喊，都不用拉票的。

他得到了极大的满足，看着刷刷刷往上蹿的评论数，他有一种自己是被挺着的感觉——在这么多人的眼里，他说的话就是真理，他就是说一不二的神！

他已经听不到女人的哭声了。

在他失去对自己笔下人物控制的时候，他起码还能够撺掇起他的粉丝，牢牢地掌握着别人的视线。这个认识让他热血沸腾起来，手指按在 F5 上，乐此不疲地刷新着。

过了好久他才发现，枪战片已经进行到了尾声。片子里那个傻傻的美国大兵把自己的狙击枪瞄准了一个加油站，"轰"的一声，所有东西都爆炸了，一切都化作了尘埃。

典型的个人英雄主义，美国经典烂片，他"切"了一声，为这部片子做了如是断语——尽管从头到尾他只看了十分钟不到的时间。

他摘下耳机，脑海里还嗡嗡地响着，却也没有再听见那女人的哭声了。

终于结束了吗？他突然有一点怅然若失，这女人的哭声竟成了他今夜的背景音乐，突然之间消失了，到让他觉得不习惯。是哭累了吗？唉……睡一觉，又有什么看不开的呢？

他这么呆呆地想了一会儿，又觉得自己有义务要告诉自己的粉丝们，于是再一次拉开了微博的页面，写到：

"哭完了。终于结束了。"

写完这条微博，他就拉掉了自己的网线，下线了。

站起来伸了伸懒腰，他又坐了下来，在一片白惨惨的光里，信心满满地摸上了键盘——他知道这一回，他能写完了。

第二天破晓的时候，他总算敲完了最后一个字。上线，把文件传给自己的编辑，胡乱地裹上了那条能闻出红烧牛肉面味道的被子，沉沉地睡去。

他是第二天的晚上醒来的。

打开电脑和编辑确认完了发表事宜，就看见编辑那头窜出来这么一句话——"死胖子，今天我给你填汇款单的时候突然想起来，今天早上那条跳楼自杀的新闻不就是你家那边出来的吗？有没有什么八卦内幕啊？"

他愣住了。

"女的？"

"是呀是呀！好像和小三小二什么的有关系，你知不知道什么八卦啊？"

"不知道。你知道我不出门的。"

"哦……"编辑的语气里透着点失望。

他却迫不及待地打开了自己的微博，照例又是好几千条的评论和转发，大多都是什么"博主辛苦了"之类的安慰，也有人画了长条漫画来吐槽，到后半夜的时候连微小说都有了。

他把滚动条往下拉得飞快，同时觉得有一股寒意从尾椎慢慢升起。

他想，她死了，可是你们全都不知道。

你哭了大半夜，原来是为了鼓足勇气去跳楼吗？

他摔下了自己手上的鼠标，把桌子上泡满一杯子香烟屁股的水杯震出了几滴水珠子来，烟灰在水里上下漂浮，说不出的恶心。

阳台外面，不知道哪户人家忘了把窗户关上，夜里的风直直地灌进房间，发出了怵人的啸叫声。

他侧着头仔细地听了听，却觉得楼上的那个女人好像还没有哭完似的，这哭声绵长，却是打定了主意要把自己哭到筋疲力竭。

马晓琳

失恋者星球

我还活着。

睁开眼，看着天花板发呆，脑袋浑浑僵僵的，依然很疼。睁着眼睛，盯着空中的一点虚空看到眼睛累。我到底在干什么。抬起手腕看着缠着的纱布，已经看不见血迹。

我苦笑着嘲笑了自己一下。

一周前，我自杀未遂。

妈的，血都流了一浴缸，流到我脸都苍白，还是死不了。正当我慢慢失去意识的时候，十三冲了进来，我看到他惊慌失措的表情和他摇晃着冲过来的身影……接着我昏了过去。醒来我就好好地躺在了床上。

干，为什么当初不记得按下按钮把他关掉。死都没死成，现在的机器人真是智能啊，还能阻挡主人自杀。

十三是我养的一只机器人，本来他是没有名字的，只是金属铭牌的条形码上写着编号 I1305897，记不住那么长的数

字，也懒得起名字。就所幸叫他十三了。十三和普通人没什
么不同，只是在后背有一个按钮算是开关以及一个条形码，
和这个时代成千上万的机器人一样，他被广泛应用在家庭中，
甚至成为人类生活中不可或缺的一部分。我在旧货市场买到
的十三，它这种机器人已经过时了，但是对我这样一个宅男
来说，它还是很有帮助的。在小贝没出现之前，其实我觉得
十三还不错，比如说他能在我周末宅在家里不想出去的时候
替我订饭，在我打游戏打得昏天黑地的时候悄悄替我开灯，
他会替我收拾乱七八糟的房间。可是在小贝答应做我女朋友
以后，我整天很幸福地跟她约会，也很少待在家里，就算小
贝来我家，也会替我收拾房间，小贝很不喜欢十三在我家里，
因为亲热的时候，机器人在旁看着总是不自在的。那个时候
我也觉得十三很鸡肋。于是我把十三的生命力按钮关上了，
他没有说话，只是原来亮闪闪的眼睛渐渐熄灭。然后我把它
放在角落里。

　　三年后我把它找出来的时候，它还在那里，眼神一样暗
淡。落满了灰尘。我慢慢按下那个按钮，看着他的眼睛重新
变得炯炯有神。他开口第一句话就是"分手了，吧"。十三
因为是机器人，所以说话断句的时候很奇怪，很像外国人说
不好中文的样子，磕磕巴巴，但非要一字一顿地说。这四个
字像四把利刃，精准地命中心脏。"嗯。"我小声应了一声。
"那个……帮我收拾房间吧……"十三不发一言利索地行动了
起来。

这时候就觉得，女朋友什么的就去死吧，我跟机器人过一辈子。

可是接下来，回忆就像一头凶猛的野兽，一点一点地把我吞噬。我记得她撒娇的样子，我记得她爱喝的饮料，我记得她看电影时奇怪的泪点，我记得她关门前总要敲一遍门的强迫症，怎么办，她的一点一滴我总记得。我有时候看着十三忙里忙外的样子，很恨那些所谓的科学家，为什么他们把机器人造得越来越精致越来越智能，却不肯发明一种机器，能把人的记忆格式化，把关于旧恋人的记忆全部消灭。

失恋真是很难过，我度过一个又一个的33天，还是走不出桎梏。那时候的我走在街上，任何一种风景任何一种东西哪怕微不足道都会唤醒思念，看到秋天的落叶春天的花蕾或是任何一种美丽的风景，都想要指给她看，可是身边已经空空如也，看到便利店卖的可乐就想起她喜欢摇一下再喝可乐沫的习惯。真像歌里唱的那样，哪里都是你。到最后，我没事就待在家里，看电影或者打游戏，劝自己相信，有一天总会忘记她的。可是终于在那天，自己看午夜电影的时候，看到熟悉的细节，终于忍不住，泪崩了。人生已经如此艰难，悲剧的事又多此一桩，我找不到生活下去的勇气，于是我走到浴缸前，拿着刀片……

想到往事，我眼角又有泪滑过。十三像往常我在家哭一样默默递上纸巾。接着他开口说，"我想该把你送去，失恋星球了。""什么？那是什么地方？"十三平常不会开玩笑，当他在一个自杀未遂的失恋者面前一板一眼地说什么失恋星球的时候，我觉得一阵荒唐。

"科学家可是，很体贴的。他们为失恋的地球人，建了一个，星球。"十三慢条斯理地说着在我看来天方夜谭的事。

"当地球人实在，走不出失恋的阴影的，时候，就会被送到那个地方。会为你，疗伤。本来你才失恋了，那么短的时间，不该去的。可是你却，为此自杀。所以只好，送你去了。"十三露出鄙夷的眼神，好像在表达对我的失望。喂喂喂机器人你懂什么，人类失个恋可是很痛苦的。

"那我之前怎么没听说过？"我突然想到这一点，迷惑道。

"失恋星球只有失恋太难过的人，才会去。一般人失个小恋，就，用不着去那儿。"接着他又用那种眼神看了我一眼，好像在说只有你这种笨蛋才会为这种事弄得死去活来。

我默然。如果真有那么一个地方，能让我忘掉小贝，忘掉过去，重新开始新的生活，我倒是很乐意去。我再也不要被失恋的痛苦折磨了。

而十三则一直用一种复杂的眼神看着我。

于是第二天我就来到了那个所谓的失恋者星球，我不记得自己是怎么来这儿的。十三带我来的，仿佛是一眨眼的工夫，又或许是我自杀流血太多脑袋有点晕了。说实话，自从自杀未遂以后我的头一直有点疼。回忆过去时疼得更厉害。可是这个地方怎么能称作一个星球呢？明明和地球没什么不同啊……或许失恋者星球只是这么个叫法，只是地球上的某一处吧。

　　我跟着十三走在失恋者星球上，到处都是和我一样闷闷不乐的人。电影里不是有说过么，人开不开心是藏不住的，嘴巴里藏得住它就会从眼睛里跑出来，这里的人，眼睛里都有一些淡淡的忧愁，好像山顶上常年缭绕不散的雾。其中有一个人，眼里大雾弥漫。从我们身边走过去。

　　"刚才那个人，和他长跑十年的女朋友和，别人结婚了。"十三淡淡地说到。

　　原来这个世界上，多得是，和我一样的伤心人。

　　走着走着，我们来到一处塔前面，我不知道这个长得像塔的建筑到底有什么用。"这是伤心发电塔。"十三继续用没有情感的语气说着。

　　"发……电塔?"

　　"嗯，伤心发电塔。下次你想到她想哭的时候，就到这里来。你的眼泪就会转换成电能，直通向地球，你的前任的家里，通过塔里的视频，你会看到，你越伤心，他家的灯泡越亮。"一口气说那么多话，十三好像有点累了，他眨眨眼睛，好像在等我的反应。

　　我苦笑了一下。还真是一个奇怪的地方。不过我看见小贝家的灯越亮，恐怕我会更加思念她吧。

　　"你……"十三好像一副欲言又止的样子。

　　"怎么了?"我说。难道是表达能力有问题的十三想说什么词而没有想出来。

"你知道么，机器人应该没有感情的。科学家们在出厂设置的时候，就把我们关于人类的感情给 delete 了。我们只是听话的机器人而已。感情是人类才配有的东西。所以我，羡慕你。即使你失恋那么痛苦，还是会，羡慕你。"十三认真地说。

我有点震惊，十三羡慕我？机器人羡慕一个被感情折磨得死去活来的人类？可是，羡慕不也是一种感情么？

"所以我一定会帮你的。"十三眨眨眼睛。

我点点头。有点感动。女朋友算什么，我在失恋者星球被治愈了以后，回去我要和机器人过一辈子。

然后一个失魂落魄的人和一个木讷渴望感情的机器人继续走在这个叫做失恋者星球的地方。

我们来到一座铅笔厂。五颜六色的铅笔从大机器人里源源不断地冒出来，十三拿起一根铅笔递给我。"这就是专门为失恋者做的标记铅笔。曾经的场景或者你们，之间的纪念品都可能，加剧你的伤心。所以这款铅笔就可以帮到你们。"十三说着就拿起我的腕表在上面画了个叉。接着那个腕表就慢慢变得模糊……变得透明了……我眼睁睁看着手表从我手腕上慢慢消失。"这是她送给你的吧。知道你一直，舍不得扔掉。这怎么行，看着这些纪念品，你会一直走不出来的。"是的，我依然记得这是小贝打了一个月的工努力攒钱才给我买到的价格不菲的生日礼物。它那么珍贵，那么漂亮，我日夜戴在手上，它像是勋章像是刺青，像是胎记。好像提醒着我们的感情像时间一样永恒。只是再珍贵的表，都有停摆的一天。我不知道它具体哪一天停摆的，只是我们分手以后它就很应景地再也不走了。突然，十三的话语开始变得飘渺仿佛来自一个遥远的远方，沉溺在往事中的我也突然变得头疼起来，我的脑子里有个地方好像有块橡皮擦在狠狠地摩擦。下一秒，我发现我就完全记不得小贝有送我手表这回事了。

我看着空空荡荡的手腕，突然有点悲伤。当所有的纪念品连同他们带给我的快乐的记忆都消失，拿什么来证明我们曾相爱过。

十三把那只红色的铅笔递到我手上。我把它默默收起来。然后我们继续走在这个旨在帮助失恋的人走出往事的星球。

说到这个星球的景色啊，还真是不敢恭维。在我想来，有这么一个小清新名字的地方难道不是到处都有动物走来走去，鸟语花香的样子吗？可是这里更像是一个大的废弃的工厂，一片荒凉。好像惨淡的天地之间，就只有我们这些被伤透了心的人。难道不怕自杀未遂的人又一次寻死么？我心里嘲讽了自己一下。

"你还记得，你把我接回家时的场景吗？"十三有些小心翼翼地问。

啊，失恋以后我努力不回忆从前。可是却总是不由自主地掉到回忆的泥沼里。可我记得的总是我和小贝交往的种种细节，却不太记起认识小贝之前的事情，仿佛我的人生是从遇到小贝的那一刻开始的。我努力搜寻起记忆里关于十三的吉光片羽。可是却怎么也找不到那些片段。你会记得你买一台吸尘器的场景么？你会记得你买一个很柔软的沙发时的场景么？你会记得你买家里任何一件家具的场景么？

我抱歉地摇摇头。

十三露出失望的眼神。"你把我 turn on 的那一天，我看到你的那一刻，我就有一种我们很久以前就认识的感觉。其实我很喜欢这个名字因为，和你的名字读起来一样。"这时候我有个重大的发现，原来机器人也会脸红的。

我紧紧盯着十三的脸，正在认真思索他是真的脸红还是工作时间太长而导致机器温度升高，所以看上去有一种脸红的错觉。我肯定了后一种可能，然后鼓励自己般地点了点头。

十三可能认为我在认真听他讲话所以点头，于是开始又高兴地说起来，"我相信你一定能忘记小贝的。你一定能顺利回去的。"

"嗯。"我倒是认真听到了这句话，"一定会的。"见识到了这么多厉害的东西，我愿意相信在这个奇妙的地方，我有重新开始一种全新的没有小贝的生活的可能。

终于来到了一处像公寓的地方。

"1305897 号是我们的房间，我们可以在，这里住三天。"十三领着我上去了。

看起来和地球上的公寓没什么不同。只是空空荡荡的，除了几件必要的家具，这里看来真的只像一个落脚的地方。

我肚子好饿，可是连冰箱都是空空的。我有点沮丧地叹了一口气，治疗失恋的科学家们可是一点都不体贴。这时十三拿出一个盒子，里面放着两枚类似隐形眼镜的玻璃片。"把它戴上。"十三说。

我把两枚薄片放进眼睛里。等眼睛适应了以后。这里已经完全变了样子。变成了一个装潢华丽的房子，瓷砖反射亮晶晶的光，墙上挂着漂亮的油画，家具电器一应俱全，全部收拾得干干净净整整齐齐。冰箱里塞满了新鲜的蔬菜、水果、牛奶还有海鲜。我半信半疑地拿起一瓶酸奶，放在嘴边，虽然心里一遍遍重复地告诉自己这不是真的这不是真的，可是凉凉的牛奶还是顺着舌头下滑拥抱了味蕾……真的是牛奶……我好像一个从石器时代穿越到后未来时期的野蛮人，不可思议啊，原来失恋者星球的科技已经发达到了这个地步。到底是科技欺骗了我的感觉还是这本来就是事实？或许这个世界早就已经发生了巨大的进步，只是原来的我沉浸在恋爱中没有察觉到。这时候，我更感觉到，或许在这个地方，借助种种不可思议的科技，可以把我从痛苦的失恋的阴影中拖曳出来。

十三这时候说，"这三天你什么都不用做，只要带着这个眼镜，然后回忆，你们在一起的每一个场景。如果标记铅笔和伤心发电塔都没有效的话，就以毒攻毒吧，你记起来就记起来吧。这个眼镜会让你有一种身临其境的感觉。"

然后我开始回忆起我和小贝第一次见面的场景，那是一个刚下完雨的下午，在一家动物园，有一个小男孩趴在极地馆的玻璃面前，看着小企鹅在冰块下爬上又滑到，还嘀咕着想要偷一只企鹅放冰箱里。刚好我们也站在极地馆面前看，她看我在旁边，就问我，"你觉得他会成功么？"我笑着摇摇头。我还记得她笑起来的样子，"说不定哦。"好像就是那一刻，我喜欢上她的。

我的呼吸开始加速，血压开始上升，因为这场景根本就是再现！我甚至都能感觉到那天潮湿的空气。那个笑容仿佛也近在咫尺触手可及。那一刻，我觉得我们从来都没分开过。我感到怀念又伤感。

我很清楚，这些场景，已经永远不会出现在未来了。

于是在那三天里，我白天四处在这荒凉的星球上游荡，能引起回忆的地方就通通拿铅笔画个叉，想哭的时候就去伤心发电塔看小贝家的灯变得越来越亮。而到了晚上，焦灼的思念又侵蚀我的时候，我就索性回忆过去，回到一开始，有她的世界。

但是我觉得，关于她的回忆已经越来越少了。可能是标记铅笔起了一定作用，毕竟它能带走一部分记忆。或许眼镜也有消除记忆的作用，因为我发现，我回忆过的内容再也不会想起来，我已经怎么也记不起我和小贝第一次见面是什么时间什么地点了。

在第三天的时候，能引起我伤心的时候变得越来越少，我好像也变得没那么伤感了。我觉得自己已经差不多痊愈了。

我有信心重回地球开始崭新的生活。

十三看起来也很高兴，"恭喜你。过不了多久我们，就能，回到地球了。"

"嗯！"我也有点开心。毕竟不用过那种看灯泡都是小贝脸的日子了。

但是在下一刻，我突然想起，回到地球？这里不是地球？对啊。这里是失恋者星球啊。是失恋者才会来的地方。我失过恋？虽然关于我前女友的事忘得差不多一干二净。可还是有一种怅然若失的感觉包围着我。我原来充满笑意的眼睛也变得沮丧。

有人说过，一段旧情就像一棵树，你撞上它，觉得疼。于是下一次会选择绕着树走，但是那棵树永远都会在你心里。

突然不知道怎么了，哪里发出滴滴的声音。

我看见站在我面前的十三的表情从开始的开心一瞬间变成失望和悲愤交织。他的眼睛里甚至充满了泪水。他揪住我的衣领，大吼道："为什么你还是不肯好，为什么不珍惜最后的机会。"

我从来不知道原来一直很乖顺的机器人有这样的脾气，我从来不知道原来机器人的力气这么大。

接下来，我根本没有了反抗的力气，他把我的衣服都撕破了，他疯狂地扒着我的衣服裤子……终于我一丝不挂地站在他面前……我倒吸了一口冷气。

但是他却没有扑上来，而是把我拽到了隔壁房间里，那是一间布满了镜子的房间。我全身赤裸地站在里面。

"为什么你要爱上人类！"十三嘶吼着，"你自己回头看看！"

我回头看见镜子里，我的后背上，有一个金属铭牌，是一块条形码，上面清清楚楚地写着，"编号Ⅵ 1305897"。它们在我的后背上，那么突兀，又仿佛宛如天成。那么自然地，和我的后背和我的身体，融为一体。

"只有人类才配爱！才配有感情！你怎么不明白！为什么还死不悔改！我已经用尽全力帮你了啊！"十三愤怒的眼睛甚至充满了红血丝。好像还，眼角带泪。

那一瞬间，在滴滴声持续作响的布满镜子的房间里，我终于想起了我没认识小贝之前的事。

我是编号Ⅵ 1305897的第六代智能机器人，地球上最先进的机器人之一，第六代机器人表面上已经和真正的人类没有什么区别了。他们在现实生活中和普通人一样过着日常生活。但是机器人总归要为人类服务，他们从事各种生产和秘密的活动，维持着地球的正常运转。只是机器人不能和人类不能恋爱，这是最大的禁忌。

人和机器人谈恋爱是个麻烦，机器人失恋后因为情绪影响本来的工作，就是更大的麻烦。所以就有了失恋者星球。这是个科学家专门建立的为机器人疗伤的地方。科学家们希望在这个奇妙的地方把原来的记忆给消除掉，从此不谈感情，再投入到地球的工作上去。

原来如此，我想起来了。我都想起来了。我甚至明白了为什么这个地方像个大的废弃的工厂。因为我了解不能走出失恋阴影的后果了。

但是我不后悔。

感情是件麻烦的事，是件身不由己的事，但并不是糟糕的事。

虽然关于前女友的记忆都给消除得差不多了，但是我总感觉到那是件美好的事。那时候的我说不定是最快乐的。

我嘴角上扬。十三则蹲在地上哭。

我蹲下去拍拍他的肩膀。摸了摸他的头。

这时候房间冲进来两名穿着工作服的人，我知道他们就是所谓的能让人类好好发展的科学家。他们看着我，然后默契地点了点头，把枪口对准了我。

我闭上眼角。嘴角依然上扬。

一阵刺激的光照亮整个房间后，慢慢熄灭。

叫约翰的科学家看着地上的一堆废铜烂铁和那个蹲在角落里哭得伤心甚至不愿抬头的另一个机器人。

然后走到他面前，把一根红色的铅笔递到他手上，"你只有三天的时间。"

编号 I 1305897 还在哭。

走出门，约翰对身边叫乔恩的另一个科学家说，"没想到第一代机器人就已经有了感情啊。明明已经恢复出厂设置了啊……"

乔恩叹了口气，"机器人越来越不受人类控制了，搞不好有一天，机器人会统治地球。"这时窗户外刮进一阵风穿过走廊，吹起了他们的衣角，金属在阳光下耀眼的闪烁。

他们走向另一间滴滴作响的房间。

应颁琪 美杜莎

一

　　昭摩已经在美杜莎的小房里生活了很久。他能够和房里的小蛇波塞冬、具有辨识法力的牧草和睦相处。美杜莎每天会出门，带回他们需要的食物和水，当然，更多的时候只是昭摩需要的。这样的日子过得普通安逸，昭摩不再想去云游，美杜莎也仿佛回到了她还是个美人儿的时候。人们都以为美杜莎像一个恶鬼一样穿行在森林里想要杀人，但其实很多时候她都窝在这个小房里，陪着她那只短小可爱的宠物小蛇。

　　慢慢的，昭摩开始了解美杜莎的故事。他知道她曾是一位美丽的姑娘，有着一头绿色美丽的长发，宝石蓝般的眼睛像大海一样。他也知道她出生在希腊，曾是海神的情人。但不知为什么，美杜莎不愿意告诉他海神的名字。后来，海神在智慧女神雅典娜的神庙里强奸了美杜莎，雅典娜便一怒之下给她下了这样恶毒的诅咒。

美杜莎的那一头海洋一般的长头发开始异化，长出利齿，形成了蛇头。那双像蓝宝石一样的眼睛没了眼珠，变得空洞，而看过她眼睛的人都变成了石头。仇恨充斥了她整个心，她已经忘记了世上的温暖，不记得世界上还有爱。她放纵自己，也不放过任何一个接近她的人。雅典娜用最恶毒的方式惩罚着她。人们开始惧怕她。她离这个世界越来越远。

但昭摩眼里的美杜莎并不像她自己描述的这样。昭摩觉得，美杜莎依然温柔善良，除了样貌之外没有什么被诅咒改变。他同美杜莎一起生活，像同一个平凡的少女一样。他也时常回想起他和美杜莎的相遇，觉得那像一个童话故事的开头一样。

在昭摩遇见美杜莎的时候，并不知道她就是美杜莎。就算现在在他眼里，她也只是一个可怜的、偶尔惹怒了万能的神而被下了诅咒的少女。他从没惧怕她满头的蛇发、尖利的獠牙和能让人变成石头的眼睛。他本来就是个盲人。

他是一个云游僧人。当他背着可怜的行囊来到某个荒芜的小岛上时，他遇见了美杜莎。他凭着陆地的震动，辨认出眼前是一个五大三粗的男人。但令他意外的是，响起了一个少女凶恶但清亮的声音。

美杜莎问，你是谁？

昭摩不知道美杜莎是美杜莎，美杜莎也不知道昭摩是盲人。他们都感到十分惊愕。但昭摩还是儒雅地回答，我是来自东方的僧人。

美杜莎以为，这是一个有着神奇法力的神或者妖怪，于是她死死瞪着他的眼睛，却发现那是一双灰蒙蒙的、没有光泽的眼睛。美杜莎明白了，原来，这是一个盲僧啊！

她本想就此掉头离去，但昭摩竟然毫无惧意地问，姑娘，这周边环境险恶，我已经吃了好几顿野草了，不知姑娘能否让小僧到您家一坐，稍事休息？

美杜莎再次惊愕了。她已经很久很久没再跟人类甚至是神说话了。他们看到她，眼里全是巨大的恐惧和满满的厌恶。她知道，要是有机会，他们都想杀了她。于是，美杜莎带着昭摩回到了她用牧草搭建的小房里。

二

如果说这个世界上有一个人能感同身受地体会到诅咒给美杜莎带来的痛苦，那这个人一定是昭摩了。人们都以为美杜莎把人变成石头是为了报复无情无义的海神和雅典娜，但昭摩知道，这只是诅咒被迫带来的后果。夜晚的时候，美杜莎总是凝望着大海的方向。刚开始，昭摩以为她是在想念英俊高大的海神，后来他明白了，美杜莎是在向神圣的大海忏悔她的罪过。

变成蛇女的美杜莎依然是一个善良的姑娘。她曾经尝试把自己的眼睛戳瞎，但竟然又神奇地恢复了双眼；她还和自己商量过死亡，但小蛇波塞冬告诉她死去后她的眼睛依然具有将人变成石头的魔力。她对昭摩说，死去原本是这么难的一件事啊！

昭摩早就爱上了美杜莎。他觉得，他们的生活就像寻常夫妻一样幸福。但他明白，诅咒会像阴霾一样永远缠绕着美杜莎，让她永远生活在愧疚和悲伤的深渊里。他不忍看着美杜莎，甚至无法拥抱她。那些毒蛇会狡黠地回过头来，一口咬掉他的脖子。它们不像小波塞冬，早就把昭摩也认成主人。

于是，昭摩走了。他要去找生活在大海西边尽头的三个灰娘，询问她们解救美杜莎的办法。三个灰娘一生下来就很老很老，三个人共享着一只眼睛和一颗牙齿。三个灰娘像一座灯塔一样飘摇在海的那一端，指引着昭摩走向微茫的希望。

昭摩走之后，美杜莎患上了忧郁症。她觉得树林里那些随着微风摆动的枝叶、酸涩的浆果、很早就唱起歌的小鸟全都没了昭摩在时的生气。她不知道昭摩去了哪里。她想他一定是走了。是呀，没有人可以忍受她那满头的蛇发、锋利的獠牙和罪恶的眼睛。昭摩一定是对她失望了。美杜莎觉得，自己的身体变得轻飘飘的，没有力气在荒野里站立。

昭摩在的时候，美杜莎的每一天都是充实的。昭摩会带她去森林里漫游，带她在小屋周围种上麦子，还会教她编织图样鲜丽的帷幔，挂满整间屋子。每当他们为屋子新添置一样装饰的时候，枯燥无味的稻草就会随着风跳起舞来。鸟儿会适时地前来伴奏，衔走满屋的芳香。美杜莎着实喜欢这样的时刻。她喜欢会跳舞的稻草，不知道从哪里来的香气，还有昭摩不会放开的左手。昭摩的手布满纹路，但美杜莎却觉得那粗糙坚砺的触感让她的心里充满了满足。她的脸原本瘦骨嶙峋，却因为昭摩的到来而变得逐渐丰润。

现在，一切又和原来一模一样了。美杜莎恢复了那一阵风就能吹跑的虚弱。她喜欢在日出的时候等待黄昏的到来。等待是一件多么不容易的事情啊。她无时无刻不担心有人从远方跑来割下她的头颅，她就连告别都不能对昭摩说了。

三

昭摩回到那栋小屋的时候，美杜莎正在屋门前等待着夕阳。她惊讶地发现熟悉的身影重新带着芳香和生气归来了。美杜莎想要跑过去拥抱他，但却不能。她为此感到痛苦与幸福的纠缠。

午夜的时候，美杜莎牵着昭摩的手满足地睡去了。但昭摩没有睡，他带回了拯救美杜莎的办法。他轻轻地推开美杜莎的手，在那个可怜的行囊里翻啊翻，找出一把锐利的小刻刀。他将小刀在手里把玩了一会儿，然后一刀捅进了自己的胸膛，准确无误地从胸腔中取出自己的心脏。他把心脏捏在手里，将滴滴答答的血液朝着美杜莎的眼睛滴了进去。但屋子里并没充满血腥味，而是一股松脂般的淡淡清香。

在血液滋润眼眶的一瞬间，美杜莎惊醒了。她看见昭摩的胸口空了一大块，手里却捏着自己的心脏。美杜莎吓坏了，比波塞冬强奸她的那一天更惊慌失措。

血液在美杜莎的眼眶里滚动，冰凉凉的。冬天到来了。

四

柏尔修斯带着神使汉密斯的飞天鞋，冥神哈迪斯的隐身帽，能随意伸缩、任何猛兽都咬不穿的皮袋，削铁如泥的钻石宝剑和雅典娜的盾牌前来寻找美杜莎。灰娘告诉他，跟随着那个僧人模样的男人，就能找到美杜莎。当松脂的气味在树林里盘旋时，你就拿着宝剑冲进房里，割下她的头颅。

柏尔修斯听从了灰娘的教导，跟在昭摩的背后来到了小屋前。他不敢进去，用隐身帽将自己隐藏在树林里。茂密的树木和灵巧的鸟儿全都发现了他，用尖利的呐喊表达着对柏尔修斯的厌恶。柏尔修斯只好拿出雅典娜的盾牌，阻挡着生灵们对他不间断的攻击。

夜晚的时候，松脂的清香果真飘了过来。柏尔修斯提起宝剑，在门口一剑砍死了惊慌失措的小波塞冬。当他推开门的时候，美杜莎正睁大了眼睛，宝石般的眼珠散发着流光溢彩的灿烂。她拿着一把刻刀，捧着一颗心脏。僧人倒在一边。

柏尔修斯大喊——你这个恶妇!

随即,一剑砍下了美杜莎的头颅。

后来,柏尔修斯用美杜莎的头颅击退了海怪和国王波利得特克斯,和公主安德洛美达过上了幸福美满的生活。他杀死蛇妖美杜莎的事迹在希腊广为传诵,成为大名鼎鼎的英雄。柏尔修斯左手提着美杜莎的头颅,右手举着宝剑,脚上穿着飞天鞋的样子,也成了璀璨的英仙座。

小抄写员

　　格林小镇的边缘地带住着一户人家，父亲在铁路做官，家境异常富裕。父亲只有一个儿子，对他格外的宠爱，他的要求总是能得到满足。然而他却唯独不被允许读课本之外的书籍，在父亲眼里，学业是最重要的，儿子要成为有用的人才，这就是父亲的全部愿望。不过这个计划差点因为一件小事而夭折。

　　父亲白天在铁路工作，晚上拿回一些文件处理，或是带着报纸翻看。他常常在饭桌上看报纸，发出类似这样的感叹："这个政策实在好，我们就该这么办。"饭后，父亲会把报纸上的言论抄写在一个红色的小本子上。

　　十二岁的儿子看到父亲抄写的时候满面红光，就对父亲说："父亲，让我来帮您抄写吧。我能写得跟您一样好。"

　　父亲无论如何也不答应："不行，抄写是我最愉快的时间。哪怕是一个钟头的时间，我也不愿意让给你。"

儿子知道父亲的脾气，于是不再请求。等到晚上十二点一过，儿子听见父亲拉开椅子的声音，才悄悄起床，穿上衣服，坐在书桌前。他翻看报纸中有趣的部分，模仿父亲的字迹，用心地抄写起来。他一边抄一边笑，心里又开心又害怕。等到台钟敲了三下，儿子才打起哈欠，小心地把笔放回原位。

第二天父亲起床，翻开自己的小本子，大骂一声："我的本子上怎么多了这么多乱七八糟的东西！"

这时候儿子已经出门上学，家中无人可以询问。父亲生了一会儿闷气，只当是自己眼花，也去上班了。

从那天开始，每晚十二点儿子都悄悄起床抄写。时间一久，他甚至自己买来报刊杂志，或是在本子的夹页里练起花体字。从那些书中他似乎看到了不一样的世界，一扇被父亲挡住了的窗户。但是很快他就告诫自己，这个想法太过危险。

一次，在饭桌上，父亲突然自言自语道："难道我真的老了吗？"

儿子听了不禁窃笑，说道："怎么会呢，您正是壮年。"

"那我怎么会写下感怀的语言？"

不等儿子回答，父亲摇着头，拿着本子回屋去了。

其实那是儿子喜欢上了同班的女生，有意无意抄下的全是感伤的话。

因为每晚睡眠不足，儿子总是在课堂上显得极其困倦。有很多次他因为撑着脑袋在课上睡觉，或者是作业马马虎虎而被老师责骂。细心的数学老师首先发觉了他的变化，通知他的父亲去学校。

儿子本以为要挨一顿狠揍，害怕得眼泪都要掉下来了。然而到办公室门外偷看，却发现老师在和父亲喝茶谈笑。他便知道了父亲是真的很宠爱他。

于是儿子变本加厉，继续在课上睡觉，看着女生的背影发呆。

一天，父亲把儿子叫到身边，严厉地说道："你的事情我都知道了。上课睡觉，功课不认真。老师都告诉我了，我只当你是一时懈怠，以为你自己会知错就改。"

儿子猜不透父亲的用意，选择羞愧地低下头。

父亲接着说："没改倒也无所谓。我已经和老师谈好把你调到重点班了，相信你在那可以好好学习。我要知道你心里想的是学习。"

这时候儿子只能回答："是。"

又过了两个月，儿子仍然每晚十二点偷偷起床，却不总是在抄写，因为他发现自己找不到合适句子来表达自己的心情。他心乱如麻，唉声叹气，在纸上写着女生的名字。这时候他已经有了自己的小本子，并不怕父亲发现。那种偷偷抄写的快感也没有了，他时常告诉自己，这次一定是最后一次，第二天晚上却又准时坐在书桌前。

儿子开始思考自己为什么抄写。

另一方面，儿子在学校的表现继续恶化，他变得不愿和同学交往，好像对什么都提不起兴趣。父亲和老师的责骂自然是少不了的，最令儿子伤心的是父亲的冷落。"你啊，到底在想些什么。我已经不想知道了。"父亲在饭桌上说，虽然当着儿子的面，却更像是在自言自语。

"我是不是变成了某种怪物？"儿子这样想，"因为我心中有抑制不住的奇怪想法。"

为什么我感到不快乐，为什么他们总是那么快乐？

他无法把这些说出口。

关于"这些"，以及同学的冷眼，父亲没有教过他应该怎么应对。

所以他只能选择继续抄写。

有一天，他无意间被这样一句诗歌打动，飞快地把它记下："来吧，把我的桂冠扯去，把娇弱无力的竖琴打破。"

他几乎要对着纸上的句子流泪，因为这诗句里隐约有他所不拥有的东西。

他太过投入，以至于钟声响到第五声也没有察觉。不知什么时候，父亲已经站在他背后。他那几近花白的头俯在儿子的小脑袋后，看着笔尖不停地滑动，心中百感交集。

儿子不断地写着，直到父亲有力的双手抓住他的肩膀。他转过身来，把头埋在父亲的怀抱里，不断地道歉："对不起，对不起。"

父亲眼睛直视着前方，露出一个近乎古怪的笑容。他脑海中闪现出自己的生活，妻子去世，只有一个儿子，在政府部门工作，每天朝九晚五，只需要抄抄报纸，除此之外什么都不用想。他感到幸福。

他不能让这些奇怪的字句毁了他的幸福。

儿子眼看着父亲暴躁地撕掉自己的本子却无能为力。父亲大声地说道："我不许你再有这些奇怪的念头。"

眼前的人是自己最敬重的父亲，儿子把最后的希望寄托这个人，他问道："可是，为什么我总是不快乐？"

为什么我没有母亲，为什么我无法说出自己心中的想法？

儿子等着父亲给出答案。他突然明白了自己为什么沉醉于抄写，那是因为他羞于谈论自己，只能用这样的方式"说话"。

父亲这样回答儿子："只要你不想为什么，就会幸福，只要你全听我的。"

这一刻，儿子突然明白，自己只是父亲抄写下的东西。

后来，儿子便恢复了正常。他安心地上学，不再胡思乱想，成绩很快赶了上来。

有时同学拿他抄写东西的事迹取笑他，他只是随和地笑笑，然后说："我现在除了作业，什么都不抄了。"

周加/瓶中人

　　刚坐进出租车，满是雾气的窗户外就飘起大雪。司机似乎没有想开暖气的意思，而正当我缩成一团，有种叫"心灰意冷"的东西一点点泛上来时，我的手机突兀地响起来。

　　在 S 城待了多年，如今回到故乡，反而觉得像是去做客。原本早想着抽些时间回来看看，但 H 城熟识的朋友早已音讯全无，便心灰意冷。一日醒来梦到些事情，便知道拖无可拖，草草收拾了行李，悄悄地上了火车。

　　可是又有谁会在我刚下火车就来联系我呢？我这样想着，把可能打给我电话的人检索了一遍，接起了电话。

　　"喂，是周兄吗？"

　　"正是。"

　　"我是李鲜。"

　　李鲜的名字一跳出来，脑中便零星地跳出几个画面。他是我小学时期的玩伴，在我的印象里，他总喜欢从家里溜出来到我家打上一个下午的游戏机再趁着大人回家之前溜回家。而他却在我升初中之际悄无声息地搬走了，大院里当时对他的搬走猜测纷纷，有人说是他父母离婚，有人说是他父亲犯了事，还有说他父母是做保密工作的。从此他也只是在同学聚会上被偶尔提起，却没有人知道他的具体情况。

"啊李鲜，真是好久不见了，这么多年你去哪了？"我下意识地寒暄起来。

"你在 H 城？"

"啊……是，我刚下火车。"

"我在我们大院门口新开的研磨时光，你过来吧。"

他似乎不给我商讨的余地，也似乎非常确定我的心思，就以一串忙音结束了电话。我的好奇心告诉我，反正离住地不远，去看看也无妨，便嘱咐司机，开向那个咖啡店的方向。

等我拖着箱子走进咖啡店时，李鲜已经等在了座位上。我看见他穿着驼色的大衣，带着一顶毡帽，扮相已颇为西化。

"周兄，好久不见。"

等我坐下来，放好衣物，抬头看到的是一张记忆中被拉长的脸，脸上猴样儿的笑却一如当年。

"怎么想起我的。本以为你早把我忘得一干二净了。"

"我怎么会把你忘了，倒是你们 H 城的人也没联系我。"

"你初中毕业就溜了，也没给人留个电话啊。"

"是是，当时确实走得仓促，又是假期，就没有怎么打招呼了，当时我父母工作调动，全家就去 S 城住了。"

"这么说这些年你一直在 S 城?"

"也不竟然，工作以后，也只是偶尔回去。"

"那你现在在做什么?"

"我现在是名旅行家，只是说着好听。其实就是全世界玩儿，到处拍点儿照片，吃吃东西，写成文章，回头再卖给旅游杂志。"

"这不是很好的工作。"

"也就是玩儿，没什么大出息，不像你，你现在都是作家了。"

"不是不是，我只能算个写手，写点软文，换点生活费什么的。"我的脸红起来，熟练地解释起来，"这么说，你现在的足迹已经踏遍全球，饱览各地风光了?"

"其实我不太喜欢自然风光，对于我来说，乐趣在于旅行中遇到的人和他们身上带着的故事。"

"那说说看遇到的稀奇事儿吧，也算是给我提供好题材了。"

"这么一说，前些时候，还真遇到过一个稀奇事儿，是我去伦敦时，在一个小酒馆里遇到的。我看到一个亚洲人在喝闷酒，便过去打招呼，几句话说下来，发现他是中国人，也是从 S 城来的。"

女服务生走过来，问我是否要点餐，我看了眼菜单，点了杯拿铁，示意李鲜继续。

"然后我们聊起来，他告诉我，他其实是一种特殊的人类，叫做'瓶中人'。"

"瓶中人？从未听过。"

"他告诉我，所谓的瓶中人，就是可以自由改变身体的形态，让身体不拘泥于一般的固态，如果愿意，可以将身体化为一摊液体，流进瓶中，因此便被称为瓶中人。"

"这么说来，我也有些印象，以前去旅游，看见有人从一个窄口瓶中探出脑袋，当时觉得可能是民间骗术，也就没有去多想。"

"我当时也是不太相信，只是他后来说到自己经历时实在是言辞凿凿，也不得不信了。"李鲜低头嘬了口咖啡。

"他说他出生在东北一偏僻的小城里，每年的冬天，那里的雪都会如厚棉被一样将整个小城盖得严严实实。因此对于他来说，冬天往往是最为无聊的一段日子，他总是被父母告知，不能出门，以防走失在半人高的雪地里。无奈之下，他每天只好花大把的时间盯着屋中冒着热气的炉发呆。有一天他盯着炉子的热气，慢慢地打起了瞌睡，半睡半醒之间，他发现自己似乎随着炉子上腾起的热气，一点点儿地漂浮起来，他晃了晃脑袋，发现并不是梦，他整个人真如蒸汽一般，从棉服里飘出，向屋顶飘去。可是身体刚脱离屋子，便两眼一黑，失去了意识。等到他醒来时，发现自己躺在床上。父母后来告诉他，如果不是有人恰巧路过看见他赤身裸体地倒在雪地里，可能他早就活活冻死了。

"可是他却不以为然，心中被一种抑制不住的喜悦占据着。他在等冰雪退去，开春的时候。等到那个时候，他就能亲自去试验。一个多月后，小城周边的小河都解冻了，他迫不及待地来到河边，等待着奇迹重新发生。他想象着第一次体验时的情景，紧盯着河水，很快发现视线在慢慢降低，双脚逐渐感觉到泥土略微粗糙的摩擦和植物根茎带来的细小的刺痛感。紧接着他双眼一黑，感觉整个人平躺了下来，等视线恢复他已经发现自己和河流融为了一体，这种感觉是难以描绘的，仿佛从几十年的桎梏中彻底挣脱，一种磅礴却温顺的力量重新回到了身上，他能感受每一条鱼在体内游动时带来的星星点点的触碰，亦能察觉每一根水草轻微摆动时的撩拨，这种无边无际的快感让他只想放声大笑，然而水中的他是沉默的，笑声在路过的行人看来只是不易察觉的微小的涟漪。只可惜这种快乐没能持续很长时间，因为课业的问题他很少获准出门，他只得将自己身体的秘密一直藏在心里，希望有天自己可以离开这小城，到水源丰沛的南方城市的水域尽情遨游。

"最终他如愿以偿地考入了 S 城的一所大学，可是他没意识到，他化为液体在水中才畅游了几天，身上就出现了大面积的红疹，你知道的，南方的水系虽多，但大多被工业污染了，当他回复原来的固态时，污染的河水的一部分也溶进了他的身体之中。他万万没想到，这座与水交融的城市，实际上却是缺水之地。他寻觅周边，发现唯一适合与之同化的水系，竟然只有地处近郊的自己学校的人工湖。百般无奈，他只得在夜半三更时顺着宿舍水池的排水口顺流而下，来到这片净土，感受脱离束缚的快感。他跟我说，真正与水融合的感觉和游泳天差地别，游泳时，你或许可以被水托举，或许感觉皮肤滑润，但是固体的身体和液体的水永远会有着对抗，这对抗产生的缺氧让你呼吸困难，这对抗产生的阻力让你四肢笨拙、行动迟缓。但若是真的摆脱身体躯壳与水融合，你会发现你拥有了一具新的躯体，一具柔软滑顺的躯体，水中的视野不再像以前一样昏暗模糊，而是像被调校过一般清晰明亮，水温也不受季节影响，总是令人舒适的温暖体温。一晚又一晚你可以安静地浮在水面上，在静谧的鸣虫声中看着星星睡去，只要记得第二天得早些花费点气力攀着水管回到宿舍及时穿戴好衣服就好。"

"是啊，如果这些是真的就好了。不管怎么说他的描述还是挺让人心动的。"服务生把我的咖啡送上来了，我低头喝了一口。

"我想你怀疑也是正常的，不过有一件事我想会让你有听下去的兴趣，就是瓶中人不止一个。"

"不止一个？"

"他告诉我，有一天晚上他又转化为液态在水中畅游的时候，无意中发现一块水域的温度比周围要高，等他游近的时候发现那小块温热的'水域'警觉地躲开了，他知道这块水域与周围不仅仅只有温度上的不同，似乎还像有生命一般有着吐息。他试着与这块水域交谈，不一会儿，这块无规则的温热水域就显出一个人的身姿，并回应了他。在交流中，他惊喜地发现对方也是一个瓶中人，同样会选在夜深人静的时候到湖中畅游。拥有同样体质的他们很快就在午夜的会面中找到无数的共同话题，他们开始相约白天以正常的形态在岸上见面。出乎意料的是，这另外的瓶中人，居然是个容貌清秀的姑娘，两人一见如故，很快确立了关系。他们尽情享受着他们独特的体质带给他们的特权，在当别的情侣坐火车，坐轮船，坐飞机，长途跋涉，翻山越岭时，他们却能沿着江湖河海任意畅游，一切有水的地方就是为他们开设的高速公路，没有门票，自然也无需路费，日出而行，日落而歇，累了就顺水漂流，天地之间仿佛都成了他们的游乐场。"

"这的确是令人艳羡的事情啊。"

"可是他说，这样的日子并不长久，因为很多事情，终归是要上岸来面对的，比如工作，比如结婚。大学无忧无虑的日子过去后，我的朋友和她的女友一起去见女友的家长，然而这次就没有那么顺利了，女孩的妈妈并不怎么待见他，一如S城的大部分丈母娘的要求，他被二选一了：一套房或者本地户口。我的朋友当即就傻了，他万万没有想到房子这回事。凭着他们的体质，完全可以随水而居。但是这件事，是没法开口对别人说的。于是他向未来丈母娘允诺是否可以稍微等待几年，只要考取博士就能办定户口，丈母娘轻哼一下，这场对话很快就不欢而散了。"

"这已经是S城喜闻乐见的事了啊，只是没想到他们这种超人体质的人也身不由己地落入俗套之中。"

"的确如此，当天晚上他回到住处，便收到了女孩的短信，果不其然，女孩的妈妈斩钉截铁地要求女孩迅速跟他分手，因为她不觉得自己女儿可以等那么久，并且很快就能找到一个更好的把他替代了。他一夜未睡，想了一晚上的话要等到第二天一早去和女孩说，只可惜等到早上他拨通电话的时候，女孩的电话已经关机了。"

"那他怎么办？跑上楼去和女孩解释了？"

"他说他脸皮薄，挂不下这个脸，就只好在女孩家的楼下一直干坐着。期间，女孩妈妈下来一次，告诫他说不必这样，因为她不会让女孩出门和他见面的。他一声不吭，只是坐在楼下，一根接一根地抽烟，烟头很快撒了一地，太阳也落下去了，女孩仍然没有下来的意思。他告诉我，他那时绝望极了，只是一心想着要如何去见到她，把想好的所有话跟她说，可是普通的身体实在是太无用了，他只能站在一楼仰望着小高层上女孩房间的窗户，束手无策。仰头之际，他看到头顶铁青的天空，忽然想到有一个办法，似乎能到女孩床边让她听到自己说话。"

"顺着水管进去？"

"不，即使是变成液态，克服重力时也会消耗气力，女孩家有二十多层，上不去的。但是，虽说从下往上不行，从上往下倒是可以一试。于是他让身体气化漂浮起来，向着小区上方浓密的云层飘去。在最高处，他和云层融为一体，瞬间云在此刻化作大雨倾泻而下，像密集的银色箭镞一样打在小区的窗上。雨点与窗玻璃的撞击声引起了女孩的注意，她发现这雨的声响与平时不同，听着古怪却又有些许的熟悉，她凑到窗户旁仔细听，果然发现是我的朋友在通过千万的雨滴向她广播着。这招果然奏效，女孩心动了，她对着窗外告诉我的朋友，让他不要着急，明天早上她会躲进一个玻璃瓶中，而她的父亲会把这玻璃瓶当做是垃圾带往楼下，明天清晨只要他找到一瓶装有清水的玻璃瓶，便是她了，等到那时他再打开玻璃瓶，她就跟他彻底摆脱现在的生活，和他一起永久保持着液态去周游世界。"

"可是你明明告诉我你在伦敦的酒馆里看到的是他一个人。"

"我并没有说这是个有着美满结尾的故事啊。"

"那么，那天早上她没有出来？"

"出来确实是出来了，只是出了个意外。那天他听到女孩的话后，心情一振，很快便又恢复成了普通的形态，回到住处。只是他万万没有想到，他这次将身体化成了漫天的大雨，耗费了太多的气力，倒头便熟睡过去。等他第二天一早醒来时发现，已经八点多钟了，他飞奔到女孩家楼下，发现一辆垃圾车正好迎面驶过。他的心立刻凉了半截，赶紧追起那辆垃圾车来。最后车被追上，他发疯一样，跳上垃圾车，在垃圾中翻找，可是将整车的垃圾翻遍，也不见透明瓶子的踪影。司机告诉他，让他赶紧再回去找找，因为每天早上都会有乞丐先去翻找垃圾，找点能用的东西，说不定是被他们捡走了。听这么一说，他又赶忙折回了小区，他搜遍了整个小区，终于在一个角落，看到了他最不想看到的事情：一个老乞丐，正拿着一个透明的玻璃瓶，咕嘟咕嘟地喝着瓶中的水。"

"然后他告诉我。"李鲜停顿了一下，抬头看着我有些扭曲的表情，"他看见老乞丐把水喝下的那一刹那，他终于明白了为什么他之前从来没有听到关于瓶中人的任何消息，他相信，一定有千千万万的瓶中人就静静地隐藏在周围，只是他们明白一个道理，就是无论如何改变自己的形态，都无法逃脱这个固定世界的约束，固定的工作，固定的喜好，固定的上班轨迹，固定的规则，固定的生活。即使可以逃出身体这个牢笼，但外面依旧有着更大的牢笼，每逃出一个牢笼，只是增加了你的活动空间，让你觉得更为自由，但是这依旧改变不了，你是这个世界囚徒的事实。因此，那些瓶中人选择放弃液态的自己，重新回到自己平庸的身体中，遵守固定世界的规矩，过大家习以为常的日子。"

"在你告诉我这个故事之前，我从未想到过自己还是个囚徒。不管怎么说，至少瓶中人能脱离身体的束缚，可是你看我们，却连这层牢笼都无法打破。"

"不用这样想，你要知道，在我告诉你这个故事之前，你不是一直都在这个固定的世界好好地活着并且不觉有什么异样吗？也许，瓶中人的事情的确越少人知道越好，就像刚放入鸟笼的新鸟都需要有块布给他盖上一样，不过，这未尝不是一个需要有人把他记录下来的好故事。"

雪越下越大，我和李鲜都喝完了咖啡，靠在椅子上。

"下次什么时候出发，李鲜。"

李鲜转头看了看窗外的大雪道："可能要等到开春了，那么冷我不习惯。"

我看着他，心头一震，一团嫉妒的火焰慢慢燃烧起来。

寻找失踪的嘉琳

1

　　我背着半人高的大书包站在泛海中学的走廊上，陌生的少女们手牵手笑着，飞奔过我身边，留下我一个人站在窗边。父亲在不远处和老师交涉。

　　我今天开始转到泛海中学。我戴着黑框眼镜，穿着泛白的旧长裤，像一个误闯鹤群的秃头鸡一样丑陋、孤独、格格不入。我抱紧自己，缩了缩身体，离她们飞扬的裙摆远了一些。

　　初二C班的门牌下，教室里欢笑喧天，闹声不断，男生砰砰砸着桌椅，女生们大笑尖叫。这么吵闹……这么鲜活。他们不会拿这样的我当朋友的……我咽了口唾沫，心底充满恐惧。

　　"手续办好了，跟张老师进去吧。"爸爸说。

我点点头，压抑着心里突然迫近的恐慌，战战兢兢地走进教室。

"我叫叶子，今天开始转到初二 C 班，以后请大家多多指教。"

我弯下腰，脑后的马尾不舒服地歪到一边。班级的喧闹声齐刷刷地中止了，像被剪刀突然剪断了一样，同学们面面相觑。

十秒钟……三十秒钟……

我在漫长的沉寂中抬起头，同学们脸上完全没了笑容，怔怔地彼此相望，或者呆呆地瞪视着我，好像我是一块从天而降的陨石。

"嘉琳……"她们有人喃喃地说。我皱眉，嘉琳是谁？

"叶子！"突然有个女生大声说，"叶子！欢迎你来到这个班级！"然后她带头鼓掌，老师也鼓起掌来，大家都拼命鼓掌，班里像是一瞬间从石化中活了起来似的。

"我叫朝月，你好，嘉……叶子，今天开始我们就是同桌啦。"首先鼓掌的女生很善谈的样子，向我伸出手。

"你好，朝月。"我笑着握住她的手，但总感觉有什么不对。

午休时，我开心又疲惫地趴在课桌上准备小睡一会儿，听到周围的女生悄悄走过来。

"喂，朝月，叶子和嘉琳……"她们鬼鬼祟祟地问。

"嘘，不要说话，她才刚睡着。"我的新朋友朝月带着一

丝冰冷的警惕说。声音戛然而止，脚步声细碎，她们小心翼
翼地走开了。我突然全身发冷。

我觉得这种疏离才是真实的，刚才的亲切都是同学们装
出来的。但愿是我想太多了！

2

放学后，爸爸问我："今天转学第一天，在学校适应吗？"

"很好，大家都很热情。不过，不知道为什么，我觉得他
们对我不太自然，就好像对我隐瞒着什么重要的事情。"我
回答。

爸爸端报纸的手抖了一下。

"你想多了。"他平稳地说。

再愉快的学校生活，也不能阻挡我又一次掉进那个梦境。

永远在似血的黄昏，马路边我和一个女孩子激烈地争吵。
我生气地说着什么，她大声反驳，口型激烈，下巴上的雀斑
被晚霞映红。我抓住她，她用力拍开我的手，转身冲向亮着
红灯的马路。一辆车突然疾驰而来——

刺耳的刹车声划裂梦境，我在黑夜里猛地坐起来，睁大
惊骇的双眼，满身冷汗。

转学后第四天。

走进教室前，我用力拍了拍自己的脸，告诉自己，你只

是多心了。

"早上好!"我走进房间,努力爽朗地笑。

"早上好,叶子!"学生们三三两两地坐在教室的各个角落,闻声回过头来,异口同声地说。

但等我坐到座位上,他们又回过头去小声交谈,不时回头看向我。我能感觉到她们的目光落在我背后的灼热温度。她们在谈论我。可是当我抬起头,一一望回去的时候,他们又会飞快地移开视线,装作她们的话题与我无关。

"嘉琳和叶子……"他们轻声细语地说。

"叶子和嘉琳……"他们一边说一边警惕地回过头,观望着我的动静,仿佛窃贼分赃生怕被警察抓到似的。

可恶!一天两天三天四天都是这样,我快烦死了!

我用力一捶桌子,"早上好!"我冲那群窃窃私语的同学怒吼。

同学们被吓呆了,纷纷转过头来看我,表情或呆滞,或疑惑。

我阴沉地蹙着眉头,压抑着的暴躁因子蠢蠢欲动。

"张老师!"我敲开班主任老师的门冲了进去。

"叶子同学,有事吗——"张老师刚开口,就被我打断了。

"有事!"我气势汹汹地问,"嘉琳是谁?"

张老师的表情凝固了。

"嘉琳是谁?张老师,同学们老是在我面前说这个名字,我走到哪里都能听到。我知道你们出于某种理由都在隐瞒着我，是吧？"我观察着她的表情，"但是请您告诉我关于她的事情！因为这个名字已经严重地影响了我的校园生活！"

张老师凝视了我很久，沉默不语，她的脸在阴影里晦暗不明。

"你真的想知道？"她说。我用力点头，她打开抽屉，从里面拿出一张巨大的班级合影递给我，指着画面中第二排第三个女孩说："这个就是嘉琳。"

我仔细看着嘉琳。小眼睛，黑框眼镜，尖下巴，马尾辫，穿着大一号的旧校服，眼镜下的笑容有些胆怯。几乎看不出她的长相，但她皮肤很白，下巴上有几粒细碎的雀斑。

我突然愣了。她是梦中跟我发生争吵的女孩！

我在震骇中张大了嘴巴。可是我根本不认识她啊！

"嘉琳……在哪里？"我盯着张老师的脸，颤抖着声音问。

"她失踪了。"张老师轻轻地叹息一声。

我怔住，瞬间不知所措。

3

我怔怔地走在从办公室回教室的路上。

嘉琳真的失踪了吗？嘉琳她在哪里？为什么我觉得她潜伏在这个学校的每个角落？走廊上，拐角处，窗帘后面，梧桐树的阴影里，我觉得她可能在任何地方出现。我一边走着，一边听着自己的足音在空旷的走廊里四处回荡。

我心有所动，猛地回头。走廊尽头，窗户大开，浅蓝色的窗帘迎风飘拂。没有人。

我转头走进教室。放学后，只剩一个小组的同学在做值日。他们一边打扫，一边举着扫帚相互打闹。男生们从桌椅丛中飞快闪过，女生们围追堵截。我怔怔地站在门口。

嘉琳本该在这里的，为什么她失踪了？

那个晚上，我又做了那个梦。血似的夕阳下，我和嘉琳站在马路边争吵。她生气地甩开和我牵着的手，冰激凌掉在我的手臂上，黏糊糊冷冰冰地融化。我很生气。

"嘉琳你干什么！我是为你好！我说你不适合这副眼镜，要你换个发型，要你和我们一起玩，你发什么脾气！"

"我就是不明白为什么我总要顺着你！"嘉琳冲我喊，"为什么非要我和你们在一起？为什么不和我一起去图书馆？你嫌我不够合群、不够漂亮给你这个人气女王丢脸了吗?！"

"你胡说什么！我明明是——漂亮合群有什么不好——"我气怒交加，夕阳下嘉琳的脸被巨大的黑框眼镜压垮，只剩一张尖尖的下巴，嘴唇激烈地不断开合，下巴上的雀斑被晚霞染红。血色的夕阳——血色的嘉琳——电光石火般的交错，如此熟悉——

"你从来那么自私，只顾着自己的感受，完全没有考虑过我这个做朋友的感觉！"嘉琳继续她的指责。

我激怒于她毫无道理的冤枉："自私也好女王也好！当初要和我做朋友的不是你吗？！反正你已经容忍了那么久了，现在为什么不再忍下去？！除了我你又没有别的朋友！"

看到嘉琳脸色的一瞬间，我就知道我说错了。我张皇地伸手拉她，期望她能接受我的解释，但她脸色惨白地拍开了我的手，转身冲向了马路。

下一秒，我看到了疾驰而来的车。我惊恐地张开嘴，嘉琳小小的身影已经被卡车的黑影所淹没，我的呼喊声卡在了喉咙里——

——不！

我猛地坐起来，大口大口地喘气。身上的冷汗比哪一次都流得都凶狠。

4

"你认识嘉琳吗？"我抓住班级里经过的每一个人问。被我抓住的同学或神色惊恐，或表情复杂地看着我，张了张口，终究却什么都没有说。

这个表情我已经见多了。

我越来越失望，越来越焦躁，黑框眼镜渐渐重得歪斜在鼻尖上。

"你认识嘉琳吗？"我冲上走廊，随手抓住一个经过的学妹。初一女生看到我阴沉的脸，惊恐地尖叫一声，从我手下逃走了。

我黯然地收回手，怔怔地立在走廊上。

"叶子。"一个声音突然从我身后响起，"你在找嘉琳？"

我回过头，看到了朝月的脸。

"是的，我失忆了。你能告诉我关于嘉琳的事吗？"我心底升起一丝希望，急切地问。

"你眼镜多少度的？"她不答，反而问了我一个奇怪的问题。

我莫名其妙，下意识地回答："左眼四百八十度，右眼五百七十度加散光。"

朝月轻轻叹了口气，举起一根手指，上面一枚钥匙转着圈儿："这是嘉琳储物柜的钥匙，我带你去。"

我满怀的希望，在储物柜打开的一瞬间破碎。

"空的……空的！怎么会是空的？！"我不敢相信自己的眼睛，抓住储物柜门用力摇晃，伸手在里面一阵乱摸。

朝月把钥匙丢给我，转身就走："这在她失踪的第二天就清空了，就像她的失踪一样。"

我泪眼模糊地靠着储物柜哽咽，"怎么可以？！你们怎么可以这么残忍？"

"叶子。"她离开的背影停了一下，"为了你好，我劝你不要再去找嘉琳。"

我在绝望和悲哀之中抬起头，咬紧嘴唇，怒视着她。"不可能!"

　　朝月僵住了,满是泪水的视野里,她的背影宛如水墨画上的洇渍般模糊了。她静默了许久,最后说:"不过,人们想找东西的时候,别忘了看看他们的储物柜。"

　　我跌跌撞撞地打开自己的储物柜时,惊讶地发现里面也是一片空白,除了一本日记。

5

　　那本日记没有署名,但里面的字迹很熟悉。夕阳西下,我抱着日记,靠着储物柜坐在地上,颤抖着手指翻开了那本日记。

　　"九月一日,天气晴。

　　"今天我来到了新学校,这是和想象中一样美丽,但是这里的人们……太开朗,太快乐,每个人都有自己的朋友。我在这里像个异类,格格不入。

　　"……她的掌心温度灼热,我一边觉得不可思议一边觉得慌乱,她可是班里最漂亮、最受欢迎的女生啊。我做梦也没有想到会遇到这么好的事。我第一次和同学们一起玩了跳橡皮筋,规则很麻烦不过她说我跳得很好……我真是太开心了。"

　　……

　　每页纸上都是这样琐碎的小事，整本日记的主角只有"我"和"她"，但我能感到写日记的人那时的心情。我感到一股热流在我胸腔里跳跃，眼泪突然不受控制地流了下来。

　　我想，这一定是嘉琳的日记本。而我就是里面那个"她"。从遇到我开始，嘉琳就一直用珍视的字迹写着我和她发生过的每一件小事。她是那么在乎我，我是她的第一个朋友，第一个真心相待的朋友。这种温暖几乎要让我双手颤抖，眼睛酸胀，全身都感动得快要痉挛起来。

　　可是，嘉琳究竟到哪里去了呢？

　　又是那个梦。

　　不要走！不要死！

　　我看到梦里的我伸出手，眼里闪过懊悔恐慌坚定诸般感情，迈步向嘉琳冲了过去。但那一刻，时间突然重新开始流动。马路中央的嘉琳回头，惊恐地看到了那辆疾驰而来的车。

　　吱——

　　卡车紧急刹车，刺耳的摩擦声响彻整个梦境。

　　血色，染红天空。

6

　　我大口大口地喘着气，在教学楼的走廊上狂奔。我知道现在时间太早，学校还没开门，可我无法控制自己。我扑到老师办公室门口，砰砰砰地砸着她的门，仿佛是要砸出自己内心的痛悔和恐惧。

"张老师！张老师！！"我拼命砸门，嘶声呼喊，"开门啊！"

没有反应。我早该料到。我用力一拳砸在门上，整个人几乎要因痛苦而爆炸开来。这时候门突然开了，我惊愕地看着张老师站在门口。

"我知道你会来。"她说，"你睡不好，我也睡不好。从……嘉琳失踪之后……"

"嘉琳不是失踪！"我大声说，"嘉琳是出了车祸是不是?！我还记得！我都梦到了！！张老师！你告诉我！"

张老师僵硬地望着我。我拼命地摇晃她的身体。

"张老师你说啊！你说啊！！你一定知道嘉琳的真相对不对？她没有失踪，你们说她失踪都是骗我的，她其实出了车祸，她其实已经死了对不对?！?！"我的眼泪流下，锥心刺骨地痛哭，"因为我——她早已经不在这个世界上了对不对?！"

张老师沉默了很久很久，才缓缓点头。终于得到了想要的答案的我，却突然愣在当场。

真的是我，真的是我害死了嘉琳……哈哈哈……

我是嘉琳第一个朋友，唯一的朋友啊！

嘉琳，她才十四岁啊……

我握着张老师肩膀的手越来越松，忽然觉得这个世界天旋地转，任何声音、颜色都坠入了虚空，事物的轮廓盘旋着越来越远，看起来如此不真实。这一切，都是假的啊……

我闭上眼睛，松开手倒下去。

7

醒过来的时候，我在医院里。雪白的天花板连着雪白的墙壁，雪白的被单下盖着我雪白的床单。

我抬起头，看到父母和张老师都在我身边，神情紧张地盯着我。医生拿着一个本子，看着我身边仪器上的数字记录着什么，不时点点头。

"爸，妈，你们怎么在这里？"我问，"张老师你怎么也来了？发生什么事了？我又没有生病——"

父亲脸上的忧虑神色更深。医生暂时停下手里的笔，问了我一个古怪的问题："你是谁？"

"我是叶子啊。"我很疑惑他为什么问这个。

妈妈猛地抽噎了一声，伏在爸爸的怀里哭起来。我莫名其妙地看着她，父亲安抚着她的肩膀，表情深奥莫测。我转向张老师，她也是一脸哀伤。

"诊断无误，病情和上回一致。就目前的情况来看，好转的可能性极低。"医生飞快地记录着，看着父母的表情，脸上划过一丝悲悯，"就让她这样过下去吧，其实也只是一个名字而已。"说完，他和父母与老师意味深长地对视了一眼，好像达成了某种约定，转身离开了病房。

我疑惑地盯着父母，无声地用目光询问她们。

但我没想到，回答我问题的竟然是张老师。她将一本相册拿出来："还记得这个吗？"

"嗯，记得，班级相册。"说到这个我突然有点头痛。是不是曾经有谁也拿给我看过这本相册？我是不是忘记了什么？

我皱起眉头，模糊的记忆逐渐拼凑起来："张老师。你是我转学后才认识一周的新老师，为什么你也要——"

"先不提这个，你还记得这张照片吗？"

"嗯，我记得，我问你嘉琳是谁，你拿出这张照片来告诉我，是她。"我指向第二排右边第三个女生。

"那这个人呢？"她指向站在嘉琳身边，环住嘉琳的腰，笑得一脸俏皮的女生。

长发杏眼……我瞪大眼睛。这、这、这个人是我！至少，她有一张和我一样的脸！只是发型完全不一样，也没有戴眼镜！为什么第一次看的时候我完全没有注意到，也丝毫没有这样的印象？我曾经和嘉琳一个班的吗？可是……我不是刚转到泛海中学吗？

"叶子，你和嘉琳是最好的朋友。从初一刚分班，你们就最要好。你活泼开朗，嘉琳文静含蓄，嘉琳帮助你学习，你帮助嘉琳融入班级。这两年来，你们形影不离。但是……很不幸……嘉琳意外出了车祸……当时在现场亲眼目睹的你受了很大的刺激。因为无法接受好朋友的离去，你失去了和嘉琳有关的所有记忆。为了不让你想起来，我们全班包括你父母都演了一场戏，假装你是新同学，假装你刚转来泛海，假装班里从来都没有嘉琳这个人。"

我怔住了。

原来真相是这样的吗？因为失去了嘉琳，所以我失忆了……可我怎么能因为受不了痛苦，就把最好的朋友都忘记了？我怎么这么懦弱，这么坏……

我无意识地从床头柜上拿起我的黑框眼镜，轻轻地摩挲着它。我的长发披散下来，落在肩头。我失神、自责、遗憾又恍惚。

"你好好休息……"父亲轻轻拍拍我的肩膀，"刚刚知道这些事肯定不好受，你静一静，别去多想，一切都会好的。"

8

我无意识地摩挲着我的眼镜，自责着，痛苦着。然后突然一惊。

我的眼镜……有这么薄吗？我记得它是很厚的，左眼四百八十度，右眼五百七十度加散光……

我举起镜片，在阳光下看着它。它清晰地映出我毫不扭曲的倒影，就像是一副没有度数的平光镜。倒影里我黑发披肩，柳眉杏眼。我突然心头一动。我……好像班级照片里的我。

我艰难地露出狡黠的笑容，我的倒影和照片上那个人如出一辙。这的确不是我的眼镜，不是我的发型。我不扎马尾辫，我眼镜没有近视，我体育很好，我不背大书包，不穿旧衬衫，不戴黑框眼镜……

我突然仰天大笑，刺眼的阳光落进我的眼里，痛得泪水都涌了出来。

我什么都想起来了。我终于记起了真正的真相。

我眼前恍惚闪现出那在梦里重复过无限次的场景——争吵，奔跑，卡车，尖叫——不，那不是梦，那是我真实的记忆。在女孩被卡车碾进车轮里的一瞬间，我听到我凄厉的尖叫，那个刺耳的声音在天地间永不休止地回荡着——"叶子！！！"

叶子。是叶子。我就觉得不对，从张老师对我说话的时候，我就觉得不对了。嘉琳才是活泼开朗的社交女王，嘉琳才爱留披肩发并且坚决不戴眼镜，嘉琳才是那个自私自利要叶子陪她玩的坏蛋，嘉琳才是那个会口不择言说出"反正除了我你也没有别的朋友"那么傻的傻话的大笨蛋！

嘉琳才是害叶子出了车祸的……凶手……

我无法接受叶子的死，我更无法接受是自己造成叶子的死。我痛恨自己，我恨不得死的是我！我多么希望是叶子活在这个世界上，在教室里笑，和大家一起听课，不是我……

　　所以我忘记了我是谁。在叶子死去的一瞬间我昏了过去，我拼命地想要忘记一切，脑海里记得的只是叶子的长相，叶子的性格，叶子的黑框眼镜，叶子的发型……

　　我猛地抽泣了一声，把脑袋埋进了被子里，忍不住呜呜地哭起来。

　　两年后，我站在青山墓园的一座墓碑前。

　　"叶子，我来看你了。"我把一束鲜花放在干净的墓前，慢慢摘下脸上的黑框眼镜，松开马尾，黑发迎风飞舞。

　　泛海的初中女生变成了高中生，但故事没有改变。那个戴黑框眼镜，扎马尾，笑容羞涩的女生，依旧会站在淡金色的夕阳下，微笑着等待，有时会偏头问旁边人一句。

　　"你见过嘉琳了吗？你知道她在哪里吗？"

　　对，是叶子，她还在找嘉琳……

　　永远，永远地寻找着失踪的嘉琳。

欺骗时间

你有没有看过一个实验。

两批鱼，一批放在恒温的养殖池里，每天定时定量喂食，标记为一号池。一批放在自然条件的水池里，喂食时间和数量都是随机的，标记为二号池。一个月后，二号池里的鱼长大了，而一号池里的鱼，似乎还是之前的样子。

还有一个实验。

两把未成熟的香蕉，对其中一把大加赞美，另外一把恶言相对，等它们成熟后品尝味道，发现第一把味道甜美，第二把又酸又涩。

你得出什么结论？自然生长在某个极端可以控制？意识对所有物体的作用都无法预计？是不是发现原来在这个世界上，有些你以为无论如何无法改变的东西，其实是可以欺骗的？

　　下面我要讲个故事，它听起来有些不可思议，我能理解你对这件事的怀疑，因为就算是我，也依然怀揣着震惊的心情，本能地做一个记录者。

　　有一个男孩来找我，这不是故事的开头，但这件事把我牵扯了进去，牵扯进一个庞大的骗局里。这个男孩是我多年好友的儿子，我从小看着他长大，小时候的他眼睛清澈眼神大胆，仿佛对一切都拥有自信，而现在他露出一副愠怒沮丧的神情，盯着我递给他的水，开口说："黄阿姨，你救救我妈吧，我觉得她快神经病了。"

　　她的妈妈叫齐宁，在一家三甲医院里做主治医生，十年前她与丈夫离婚，儿子被判给了丈夫，但所幸这个孩子很有良心，总是抽空来关心母亲，所以就算家庭离异，齐宁举手投足间还是散发着一种成功女人的清新的气质。

　　"为什么这么说？"正因如此，我没有把男孩的话当回事，笑着问。

　　"你没发现这十年来她有什么奇怪的地方吗？"对方坚定的眼神看起来不像是开玩笑。

　　"嗯……我想想……用秒表掐着时间吃饭算不算？"我勉强说出一个。

　　"对！就是这个！"

　　"可那是为了抓紧时间工作呀，你妈妈很努力呢，小易，你不能靠这点就怀疑她。"

"不，不止是这样，黄阿姨，你听我说，"小易着急地把十指狠狠按在桌面上，指关节泛出苍白的颜色，"不止是吃饭，我妈连睡觉、上厕所、喝水，全部都要用秒表来计算，严格得就像在进行某种仪式一样……我问她为什么，她只是意味深长地看我一眼，说'不能停下来的'，我觉得那个眼神很可怕，我完全不能理解，她再这么偏执下去会疯吧。"

我一愣。齐宁的生活作息我并不了解，虽然我经常看见她把秒表拿出来细细地计算，但我也只是调侃一句"哎哟数学家"便不再多想，听小易这么一说，这似乎真的是件值得注意的事情。

"那么……你要我怎么救她？"

"总而言之，先依靠你们亲密的关系问出我妈这么做的原因吧。"男孩抬起一张恳求的脸。

在那之后的第二天，我提着几斤水果抱着一盒饼干装作像往常一样去拜访齐宁。她一开门见到我便用嗔怪的声音说："人多来几次就好啦，买这么多东西干什么？"我笑嘻嘻地谎称最近发了奖金，齐宁才露出一个开心的笑脸。

齐宁长得很漂亮，一张脸像是永远都不会老。说起来我们都一样是四十多岁的人了，可我眼角已经长出针一般细长的鱼尾纹，脸上的肉像一座正在拆除的房屋般不断往下垮，她却还是那副年轻丰腴的样子。所以见到她的时候，我总会有一种小小的、本能的自卑。

我们正常聊天，期间她抬头看了一眼挂钟，又掏出秒表来计时，然后迅速地拿起水杯喝了一口水。我趁机说："齐宁，你的生活作息真是规律啊。"

她怔住了，但很快又恢复笑脸："为什么这么说？"

"连喝水都要精确地计算时间，真是规律到有些反常了呢。"我暗暗咬重了最后几个字的发音。

"还好，都成习惯了。"

"那么，为什么？"

"不能停下来的。"

"为什么？"

她沉默了，低着头不去看我的眼睛。我也不催，我知道她一定会给我答案。从小齐宁就没有骗过我，她一直以来都很善良和软弱。

后来她终于意识到我不可能放过这次问话的机会，于是长吁一口气，准备和盘托出。

"你有没有看过一个实验？关于两个池子里鱼生长速度不同的那个。"

我缓慢地点头，那是一个多年前在网络上很火的视频。

"我看完之后，觉得真有意思，不规律的那些鱼每天过着不一样的生活，在这些新鲜的日子里成长，规律的那些鱼保持一成不变的生活，日复一日，最后停止了生长，就像欺骗了时间一样。因为不断地重复，时间便认为，其实他们只过了一天。

"那么，如果是人呢？如果人也保持规律的作息，时间会不会以为他其实并没有度过太多岁月，我们欺骗时间，衰老的速度会不会减缓甚至停止？"齐宁看着我，认真地说。

我的脑海里仿佛炸响一个雷，极多的联想像尘埃一样包围了我。同样作为观众，我怎么没能想到，齐宁能通过它联想这么多。

"所以你才……"

"对。"齐宁不等我说完便抢白，即使她不这么做，我也无法把那句话说完，我没有叙述出这些现实的语言功底。

"可是那只是鱼……并不代表人也可以……"

"我试过一次。"齐宁从刚才认真得有些诡异的神情中返还过来，重新露出笑脸，"在这么做之前，我先粗略地试过一次。"

齐宁说她曾经保持规律的三餐和睡眠时间，过了三个月，发现自己的头发比起别人的来说，生长速度慢了一倍。这些小细节换一个人兴许就不会在意，可是齐宁却像发现新大陆一样，对这件事有了神一般的信仰。

"我已经试过了，很早以前就证实过了，我会一直这样下去，我不会让自己衰老。"

齐宁最后那个眼神让我终于有和小易一样的感觉，可怕。尽管她对我是微笑着的。

"疯了疯了！真的是疯了！"

几个星期后，当我再次见到小易时，我跟他叙述了这次会面，导致他发出这样的惊呼。

"我妈她是怎么想的啊？这种事情也会相信啊？真是疯得不像话了。"男孩很抓狂的样子。

我听了有些不适，低声说了句："但是你妈真的很年轻啊，像不会老一样。"

"不会吧黄阿姨，你竟然也相信我妈的话？"小易发出更大的惊呼，我只好闭嘴。

面前的男孩苦恼地抓了抓头皮，长吁短叹了好一会儿，突然间抓住我的肩膀，我一抬头撞上他固执的眼神："不管怎样，必须要阻止她。我妈为了保持固定的睡眠每晚服安眠药，跟医院说永远不接夜班不干急救，所以到现在也不能升职。只是这些倒也无所谓，可是黄阿姨你想过没有，万一哪天发生火灾，我妈她就逃不出来了——那就是丢了命啊！就为了这个不知道是真是假的破实验丢了命值得吗？黄阿姨你一定要帮我，就算是为了我妈，你也一定要帮我。"

我看着他，觉得答应他是情理之中。但我总是感觉有些异样，面前的少年有对母亲急切的关心和爱护，可是在我看来，总有一些不真实不纯粹的感觉。

就在我怀疑之时，小易的声音突然带上哭腔，像是洞悉我的心理，给出了他行为的解释："黄阿姨，其实我爸住院很久了。应酬太多落下病来，我刚开始工作也没什么时间照顾他。我总觉得我快要失去他了。"

"所以我要尽全力帮助我妈，我不能再失去另外一个。"

这些话让我想起齐宁的前夫，那个看起来既成功又顾家的男人。他们在一起相安无事地生活了许久，到小易八岁时，齐宁发现了丈夫的外遇。

以齐宁的个性，她是不能接受这一点的，所以她果断地决定要离婚。前夫挑了个好律师，让齐宁失去了小易，齐宁对此久久不能释怀。后来她无意中看到小三的照片，照相机把那个女子所有姣好的容颜完美地呈现出来，齐宁盯了那张照片很久，我觉得那可能是齐宁开始这个实验的导火索。

不知道是报应还是什么，离婚之后，那个男人的生意逐渐败落，这点齐宁知道，小易也知道，所以尽管我能保证齐宁很爱小易，但是他们两人情感的纯粹程度，我不能打包票。

就像那次见面，我问齐宁："为什么你不愿意告诉小易这些事情？"

齐宁的眼神瞬间黯淡了，她不安地缠着手指，说话的声音像是喃喃："其实这些年来，小易每次来看我，我都能从他眼睛里看到那个男人的影子……说真的我很怕，所以我不得不谨慎……我不知道小易为什么会有和他相似的眼神……而且……"

她没有说下去，捂着脸像是哭了。而我听了她语无伦次的倾诉，心一点点沉下去。

此刻我理解并谅解了齐宁。善良如她进行这般天方夜谭的实验，为了一个"我不想衰老"的庸俗理由，我理解，这是前夫背叛导致的永恒的创伤。齐宁作为一个深爱却害怕自己儿子的母亲，她此刻需要我毫无保留的信任和体谅。

同时，我感到无比的感动和惭愧，齐宁甚至不信任自己的儿子，但她却信任了我。

小易催我催得越来越紧，他要我协助他的计划，破坏齐宁作息的计划。我问他为什么不一个人进行，他笑里有些讽刺的味道："我以前试过，后来我妈报了警。"

我感到震惊，小易从我眼里看到了这点，于是他继续说："所以我说我妈疯了，她想把他儿子送进牢里。"

小易为了说服我，经常到我家来，翻看我书房里的书籍。他恳求的方式很特别，只是静静地待在你目所能及的地方，不吵不闹，因此我虽然没有答应，但是也觉得没有赶走他的必要。

我和齐宁都对小易有种本能的纵容，这种纵容是在爱和威胁的前提下，为了宽恕自我而产生的行为。

有天我正在办公，小易像往常一样无聊地翻阅资料。很久之后，他突然说："哇，原来你就是'cyo'。"

我像是触电了一样，整个人跳起来，抢过他手中的纸片，上面是我多年前为了发表某视频申请的账号，以及它的密码。

"黄阿姨，那你就更应该帮我了。"小易露出了有些狡黠，甚至是阴险的笑容。

是的，你没有猜错，我就是上传关于两池鱼视频的那个人。我是个科研家，多年前做了这个实验。很惭愧的是我根本没有想太多，做完实验后，我甚至没有把它当做一个正经的研究，而是当做一项趣闻发上了网。

我没有想到我的好朋友会因此得到启示，而去亲身实践，但是我内心的恶灵告诉我，她是个很好的活体实验，她的一切反应如果被记录下来，都对这个实验有巨大的帮助。我可以开发出一系列的研究，我将功成名就。

"黄阿姨，难道你不想看看我妈结束实验后是什么样子？难道你不想让我妈重回正常的生活？一举两得嘛。"小易循循善诱着，我居然全部听进去了。

"而且那个视频的最后，结束实验的两池鱼也都好好的嘛，完全不会有危险呢。"

"结束我妈的臆想，同时促进你的研究，如何？要不要试一试？"

小易冲我伸出手，我犹犹豫豫地抬起了手臂。

齐宁，我能想象如果你知道这一切，你该有多失望。你如此相信我，但我把你告诉我的一切都告诉了你儿子，事到如今还为了自己的前途去帮助他伤害你。当我和他一起出现在你家门前，你那时僵硬的笑容我怎么也不会忘记。

但是你不能想象我有多后悔，当我直面结局的时候。

那天我们千方百计阻止你按时喝水，吃饭。你的脸色发白，盯着我们的眼神深不见底，但你什么也没有说。直到最后，我坐在你的床上陪你不断地聊天，我侃侃而谈精力旺盛，你才突然意识到什么，努力地开始反抗。

就在你推搡我下床的时候我高声呼喊小易，他冲过来把电话线拔掉然后走出去把房间门反锁。而你开始疯狂地尖叫，竖起手指来用指甲抓我的脸。

你慌了阵脚，只知道进攻。我摸清形势后拉开窗子一把把安眠药丢出去，然后有恃无恐地防御。

你试图躺下，我不断地把你拖起来，争斗中你的秒表被甩出去，我们谁也不知道这场闹剧持续了多久，还要有多久。十年的坚持让你的眼睛为了这突如其来的破坏充满血丝，而我几乎是抱着破罐子破摔的心情在进行。

后来你突然放弃了，身体像一把面条被丢进沸水里那样软下去，你缩在床的一角，眼睛看着地面，而我站在你面前，为你突然消极的反应而感到不知所措。

"你的目的已经达成了。"你的眼神很空洞，并且没有泪水。

"对不起……"事实上我从一开始就在说这句话，只是我没有发觉。

你没有说话，而我一直重复道歉。直到我重复到已经不知道这三个字怎么发音时，你突然开口："记得我之前和你说过，我拿头发试验的事吗？"

"嗯，记得。"我不知道她为什么突然提起。

"我没有告诉你的是——"你终于抬头，看着我，"结束实验后，我的头发突然疯长了好长一截，比别人更加长。

"无论什么欺骗，都有被发现的时候。时间发现自己被欺骗后，是会报复的。"

然后，微笑。

我还没能把思绪理清楚，突然发现你微笑的脸上猛地生长出无数皱纹。那些凹凸的纹路像是某种动物的爬行，迅速地布满了你整个脸颊。而你的头发也从上往下开始变色，就像美少女战士那些变身场景一样，从黑色变成了白色。

"你懂了吧，我说'不能停下来的'的含义。"

我的眼泪猛地喷洒出来，我跪下来抱紧你的头。齐宁，我后悔了，我不知道这个实验会把你变成这个样子，你早该告诉我的，如果你早点告诉我多好啊。

"还有……小易……他是我……"

你的嘴唇凭空裂出许多纹路来，导致你的话语也因此碎裂。我等待你说下去，而你虚弱地闭上眼睛，我冲出去呼喊小易，他正手执一份文件看得很认真。

"啊，黄阿姨，怎么了？"他抬起头来看着惊慌失措的我。

"你妈出事了，要赶紧送她去医院！"我叫道。

小易走进房间，并未近身查看，也没有任何要送你去医院的意思，他的声音有些冷漠："我妈已经死了，死于心脏衰竭。"

"放屁！你什么都不知道！快点送医院！"我忍无可忍地咆哮。

"你才是什么都不知道！"小易尖锐地打断了我。

我愣了神，无助地看着他。

"我以前也看过那个视频。"小易露出了甚至有些骄傲的笑脸，"我匿名发在网络上的评论，说明了在人体上实验的可能性，然后我妈就去尝试了。"

"我发现她在进行实验的时候，一开始我想阻止，但是后来我发现了这个。"他扬了扬手里的文件，"这是我妈的人寿保险，受益人填的是我。"

齐宁，你说得没错，小易的确像他的父亲，他们俩共同的特点就是会不停地伤害你，像一种传承。但是对不起，尽管我知道这点我也无能为力，因为当我尖叫着"禽兽"，拿出电话来想报警时，小易说："黄阿姨你放心打吧。暂且不管警察会不会相信这个故事，首要问题是，杀人凶手可是你。"

说出来兴许会被你嘲笑，我直到现在才发现，我被小易利用了。

他的每一句话此刻都在我的脑海里回响，与现实掺杂在一起，迅速而杂乱地漂浮在我脑海里，而你的笑脸也反反复复重现，我觉得我快要疯了，我现在只想哭，而且除了哭，我找不到更好的办法来证明我的愚昧。

最后我只能无力地瘫软下来，反复回想小易留给我的最后一句话。

"黄阿姨，我劝你还是像我一样把这当做意外吧。要怪，就怪在你作为这个实验的首创者，却不及实验的体验者了解它。"

又或者说，要怪，就怪在你没有亲身实践，就自以为理解了这个实验。

我厚葬了齐宁。她的验尸报告上的确写的是"心脏衰竭导致死亡"，时间加倍的报复，是我见过的最残忍最不能抗拒的东西。

齐宁的葬礼很冷清，不像那些用于实验的鱼类，总是一群一群，接受同样的命运。

又或者说，其实我和齐宁本是一群，是我私自逃离了这样的命运。

忘了告诉你，现在的我和当初的齐宁一样开始了规律的作息，我决定用一生去进行这个实验，我在一直做着记录，我要充分了解这个实验。

如果我不会老去，我会不会有生命的终点。如果我一直欺骗时间，会不会真的成就我的研究，就像齐宁舍身成就它消极的那部分一样。

我要成就积极的那部分，就算不可能，我也希望这会使齐宁的死有价值一些，这是我们共同的救赎。

故事讲完了。

猜猜**我是谁**

陈观良

1

电视宣传，对我们这一行来说，只有坏处，付不起广告费只是其中一点。

说起来还有些心寒，我们含辛茹苦研究出来的骗术，在电视上的专家看来，不过是一种毫无新意，利用人性弱点行骗的低劣手段。他们永远不懂其中的奥义，就跟大多数人认为，《狼来了》这个故事只是告诉人要讲诚信，他们不知道一个人没有被骗过，是很好骗的。

其实早在我入行前，电话诈骗已经沦落为众所周知的一门低级骗术，打一千个电话有一人上当，可以说是碰到了被诸神所抛弃的傻逼。没错，电话诈骗就是在茫茫人海中寻找傻逼。

周秋花是一个例外。一个杀一百个也不能升级的小怪，却有着大 BOSS 才有的难度。

"文雄啊，真对不起你，我忘记了存折的密码。"

"没事，周老师，我去找我朋友借。"

"这孩子，老师说借给你就借给你，不用去麻烦别人，你等我一下，我回家拿身份证去问银行的工作人员。"

周秋花若能顺利回到家，不会再打电话过来。我敢拿电脑 D 盘所有文件保证，绝不会发现我是骗子。

周秋花是退休的中学老师，患有老年痴呆，我问她借了十八次钱，她每次都答应我，但不是去到银行忘记密码，就是在半路上忘记我找她借钱的事。

我知道，现在找周秋花借钱，如同在茫茫人海中找到了傻逼，却发现傻逼傻到生活不能自理。

一位老前辈曾告诉过我，最成功的骗局，是别人花一生的时间都无法去拆穿。我从未想过要将电话诈骗发扬光大，仅是从事一行，不甘于平庸罢了。周秋花对我来说，骗到她将是我在这条不归路上一个颇有意义的成就。这是一种信仰，超出金钱的信仰。没有追求的人是不会理解这层意义的。人存活于世上，都需要肯定，别人的或自己的。

能理解这层意识的人，或许还能体会为什么我还在用电脑去刷短信刷电话录音，这种更为低级的骗术。姜太公说过，鱼钩是直的不要紧，总会有鱼儿咬住。哪怕两年过去了，这一招没骗到一个人，我还在坚持着。

2

从业三年，我"借"到钱的大部分原因，得益于我研发出的一个小技巧。如果碰到两秒内把电话接起，说话还很冲的中老年男人，我就会扮结巴。无数次的经验验证过，每一个人一生都会有几个说话结巴的朋友。不出十秒，对方就能把我猜出来。只要把我猜出来，事情就好办了。等摸清对方的底细，聊聊当年的意气风发，偷看隔壁村寡妇洗澡的陈年往事，便可开口借钱。

老王四十七岁，当过兵，如今在卖家具，有两套房三辆车。他是有什么话都藏不住的，逛窑子碰到老丈人还告诉媳妇。离异十年，虽说没女人愿意跟他再结连理，身边的朋友却越来越多。我现在是他一个有几年没联系过的"老战友"，上个星期重逢于电话中。我们聊得很火热，他还告诉我，他现在行房要吃药。

按照现在的进展，我下个电话找他"借钱"的成功率过半。

"老老老王啊，出，事了。"

"别急，慢慢说，天还塌不下来。"

"我撞撞撞人了，人家全全全家人都来了，要要我拿出两两万块私私私了，要要不然就报报报报警。"

"严重不？"

"有有点严重，躺躺躺地上不不不起来了。我身上没没带这么多多钱，你能能能不能先借两两万块给我。"

"你千万不要让对方报警，我这就给你汇钱去。"

过了二十分钟，我从黑市买回来的一张银行卡收到两万块汇款。在我戴着鸭舌帽简单化下妆，去 ATM 把钱取出来后，老王那位最近跟他联系几次的"老战友"将会人间蒸发。

老王这种目标算是最容易的。

我要让别人汇款，一般要通话五次以上，前四次几乎都是在跟别人"重温"当年手拉手奔跑在夕阳下的时光。这也是我很在意的地方，注重感情。心急吃不了热豆腐，特别是在这一行，没把握绝不乱开口。如今早已不是那个傻逼太多骗子不够用的年代。

我们骗人的原理跟骗小孩的招数没多大差别，小孩不会去验证半夜哭闹会不会有魔鬼来抓走他，傻逼也不会去验证电话那一头的人是不是他很久没联系过的熟人。

我房间的抽屉里，有五个本子，上面全是客户的资料，每通完一次电话，我都会更新客户的资料。分析客户房子是买还是租的，是领工资还是拿分红，半夜回家老婆态度是怎样，一天买一件衣服老公态度怎样，这些资料充分说明了我向对方"借"多少钱才合适。

3

"是周老师吗？我是许文雄啊。"

"许文雄？"

"读书的时候我常去你家蹭饭，你也常夸我帅如潘安，才华堪比苏东坡。"

"是你这小子啊，这么多年，也不来看下我。"

"都怪我爸，我初中毕业那个夏天搬家到外省，想去你家蹭饭都没机会了。"

"我听我女儿说过，我还以为你忘记我这个老师了，亏我以前夸你那么好。"老婆子虽然老年痴呆，对一些事情倒清清楚楚记得，"你现在在哪工作了？"

"在一家全球五百强公司上班，我下个月回家乡，到时去你家蹭饭好不好？"

"好啊，不许骗我，要不然我跟别人说你长相如张飞，大字不识三个。"

周秋花会不定期把我之前给她打过电话的事情忘记掉，仿佛我已经被一个老婆子甩了十几遍。还好重新跟她认识是件很轻松的事情。

与周秋花相识也有两个月了，给她打过很多次电话，对她我几乎没耍什么花招，有时候我还会去逗她开心。我也很奇怪，老年痴呆竟然能听懂网上最流行的笑话。甚至我还帮她告诉司机她家的住址，打电话给开锁公司帮她开门，诸如此类琐碎事数不胜数。

人世间的残酷总是比感动多，同情心对骗子来说，就像晕血于屠夫。我花费这么多心机，还是想有一天能骗到她，正所谓没有人能够随随便便成功。其实每天绷紧神经，小心翼翼给别人打电话，偶尔跟一个老年痴呆聊天，也是我工作中为数不多的娱乐。

或许我也是别人的娱乐目标。

被我戏耍的人，他们大都是屌丝，身边没几个要好的朋友，用长满老茧的右手就能想到，谁谁谁会主动打电话给他们。一旦我碰到这些人，将会变成一个全身都有缺陷的人，要么被说成我已经残疾了，要么就是刚出院，药还没停。

我最恨的，还是游戏男。满腔热血的他们，常年奋战在前线，现实生活中精神恍惚，注意力难以集中，不出几句话，就能获取他们的信任。偏偏开口问他们借钱，不是要去帮我冲点券，就是要给我送金币。

干我们这一行，没有五险一金，也没有法律保护。被他人玩弄是常有的事，最不幸的就是碰到同行。坦诚相对，握手言和，相忘于江湖，这都是不可能的。

一个陌生电话打进我的第三台手机，如果不是电脑录音，就是刚入行没多久的同行。几乎没有客户回打电话投诉，换号码打更不可能。

我这几个手机号码没在任何地方登记过，能查到，只有在网上查找，那种满页都是手机号码，没有其他信息的资料。只要干这行时间长了，都会花钱去买附带性别职业年龄的手机号码。

"喂，是你吗？"

果然是雏儿，开场白就失败一半。唯一让我好奇的，居然是女声，不是处理过的假音。从事电话诈骗，女人少之又少。

"你谁啊？"

"你猜，我们十年之前就认识了。"

"我猜不到。"

"你这人怎么可以这样啊，没有认真去想，也不能这么快就回答我啊。"

我要吐血了，难道这女人是自学成才的。要是她能骗到人，我想跟之前上当受骗的广大群众说，你们不用去买脑白银吃了。

"美女啊，这游戏不是这么玩的。你透露的信息，模糊性是有了，但范围有整个地球那么大。"我没心思跟她纠缠，只想简单教育下，让她好自为之。

"那你说我该怎么玩这个游戏。"

"下次给别人打电话，先弄清楚对方姓什么，或者是干什么的，这样别人就不会第一时间有警惕性。现在这些资料不难找。还有，千万不能耍脾气，哪怕是女人也不能这样。"

"我要去搭高铁了，下次再跟你聊。"

4

第二天，那个陌生电话又打过来。

这个女人绝对不简单，她居然确定我在广州，还要请我吃饭。我要重新审视这个女人，她要么是警察，要么拥有让我琢磨不透的骗术。

我没有拒绝约会，在广场标志性的建筑下面，一位年轻女子站着，身着黑色吊带衫，双手还提着一个包包。我没有过去，藏身于不远处观察她，差不多有一个小时，她见我没来，便气冲冲地走了。期间她打了十三个电话，我的手机响了十三遍。为了防止她是警察，在她离开广场时，我跟踪她，一直跟到一家酒店的门口我才回头。

此女不太可能是警察，是同行的可能性倒大了很多。

不入虎穴焉得虎子，不舍身如何成就高潮。为了这女人有可能掌握的新技术，我主动给她打电话，说刚才扶老奶奶过马路被老爷爷看到了，给老爷爷解释了一个小时。我又问她在哪，还告诉她我已经来到了之前约好的地方。她很生气，这我能理解。我在那标志性建筑下面等了快一个小时，才见到她嬉皮笑脸地走过来。我们见面的第一句话，她说的是："这下扯平了。"

此女绝对不是警察。

在一家餐厅，我跟她面对面坐着。她的胸部很大，估计无法掌握。她还有一头又黑又直的长发，素颜，皮肤很好，吹弹可破，那迷人眼睛一眨一眨，时刻牵动着我的肾上腺素。两个小酒窝中央的樱桃小嘴，让我想起数年前，还在上学时吻过的那个女孩。

三年了，从业三年我没谈过恋爱，与漂亮女子接触几乎都是在沐足中心。我很紧张，也很担心，我怕我因为她的美貌，警惕心会在某个时刻完全丧失。也许那个让我琢磨不透的骗术就是她的美貌。

"你真的是在全球五百强公司上班？"她对我有点不满。

我看了下自己的穿着，人字拖、短裤、印有卡通人物的T恤。

"我在麦当劳上班。"

5

她知道我的名字，还有我以前在哪里读书。她没有说是谁告诉她的，但我已经知道了。许文雄和××中学这个身份，是我用来对付周秋花的。

她有可能发现我是骗子。这三年，我打过十几万个电话，成功骗到一百多人，这下总算栽了。一位老前辈说过，干我们这一行，败在女人的手上是很晦气的，要倒霉一辈子。除非像遭受宫刑的司马迁，或练成葵花宝典的岳不群，方能傲视群雄。

"还是要谢谢你，经常打电话陪我妈聊天，我也是前段时间才知道我妈老年痴呆了，就匆匆忙忙从国外赶回来。我没别的意思，就是来请你吃饭，感谢你。"

周秋花是她妈，这我完全想不到。听这语气，我应该不用遭受牢狱之灾了。幸好之前帮周秋花做了很多琐碎事。我也愿意相信好人有好报这句话了。

"不用，这是我应该做的。"我站起来，准备要走，若不走，这女人再对我一颦一笑我就要把心窝子掏出来了，"没什么事，我就回去上班了。找到麦当劳这份工作不容易啊，无故旷工要被开除的。"

"等等，你还没告诉我你叫什么名字呢?"她也站起来，笑得很甜，比我看过的所有电影的女主角还要美，"不要以为我也老年痴呆了，许文雄是我的初恋。"

我愣住了，这女人就是在诱惑我。她居然当着我的面，笑得这么好看。

"我叫陈小顺。"不敢想象，我说出了身份证上的名字。也许是因为她漂亮，也许是因为我有点喜欢她，也许是因为她漂亮我又喜欢她。

说一见钟情一点也不夸张。反正我看着她，就会想很多很多，有庸俗的天天睡在一起，也有浪漫的她或我残疾了，对方一直不离不弃。内心里恶毒的评论家在这时候都死光光了，没有人持反对意见。

我忘了自己是怎么回到出租房。我只记得自己在想一个问题，是要去追求她还是骗她吗，这个难题还没想明白，我已经坐在马桶上抽了三根烟。

6

第二天晚上，她又约我出去，说国内最近刚上映一部好莱坞大片，要找一个人去帮她拿薯片。

我答应她。之前每接手一个客户我都能分析出很多信息，不像现在，脑子就像从一架飞机变成了一辆牛车，可能是因为她不是我的客户。不过放弃周秋花，这绝对不行。

在电影院坐了两个小时，我一直在走神。走出电影院，就忘了刚才看的电影的女主角长什么模样。

我跟在她后面，直勾勾盯着她那左摆右摆的屁股，这时的我像是一个在闹饥荒的保镖。她说要去珠江边走走，我没意见。我们间隔两人宽的位置，跟我想象中的散步完全不一样，谁也没有开口说话。我不知道她在想什么，时而傻笑，时而转过头打量我。

"你叫什么名字？"我鼓起勇气，往她的方向靠近了一步。

"你想追我？"她的眼神很怪异，这让我很不安。

"你猜对了。"

"你忘了自己的身份？"

"什么身份？"

"你这个骗子，难道你想骗钱又骗色？"

我仿佛看见一道闪电，从无比漆黑的夜空中破出，没有劈中大贪官，也没有劈中某位校长，它就落在我的脑袋上，让我许多美好的愿望随风飘走。

　　原来她不是刚从国外回来，她是特地从她家乡来找我。她一早就知道我是个骗子，我很多次给周秋花打电话，她都在旁边打开扩音键听着。我给周秋花讲笑话时，那肆无忌惮的笑声就是她发出的。她知道我抱有什么目的，也知道我时常有帮助她妈。这让我感到慌张，就像有一个人一直躲在黑暗中偷窥我，虽然不是偷窥我小便。稍让我好受点，因为这人是个美女。

　　"你想怎样。要报警抓我，还是来找我要精神损失费的？"

　　"你想太多了。当我知道有人要骗我妈时，我第一反应是为这个骗子感到悲哀，我知道我妈忘了自己所有银行卡的密码。我以为你借一两次就会放弃，没想到你这两个月一直纠缠我妈，更让我想不到的是，我妈居然很喜欢跟你聊天。很多次我妈忘记你了，你都还坚持不懈打电话过来，慢慢地我就对你很好奇，有了想来找你的冲动。"

　　"现在找到了，是不是很失望？"

　　"还好，只要会打扮下还是一个很有魅力的男人。"

　　我很满意今天在发廊，那个大妈给我设计的新发型。

　　"难道你就不怕我也把你给骗了？"

　　"这两天，你一直在盯着我的胸部和屁股看，这种情况下你的脑子能转得有多快？"我悲伤地把头低了下来，这是一个寂寞男人的致命伤。

　　"我叫周小雨。"

　　不知不觉，我们走到了她住的酒店的门口。她让我上去坐一会儿，听到这话，我感觉到我的血液开始往一个地方聚集。我问她住在哪个房间，我想先去买一包烟，等会再上去。待她走进酒店，我迅速跑去附近一家便利店，买了一包烟和一盒套套。

她给我开门，仅穿着内衣，那两团肉真的很大很大，我有一种窒息感。

"我先去洗澡。"

我脱掉鞋子、袜子，闻了下便放到柜子里。我坐在床边，在想，是幸福来得太突然，还是她有可能也是一个骗子，先色诱我，然后再勒索我。这年头，这种事也是常有的。一直想到她从卫生间里面出来，我还是没弄清楚这其中的利害。

她还是穿着那套内衣，头发在滴着水。她说："你刚才是去便利店买套套了吧。"

"你怎么知道？"

"你猜。"

"你是不是常有外遇？"

"滚，给我滚。"

"这么晚了，不太好滚，我还是明天再滚吧。"

7

周小雨不让我以后再从事电话诈骗，我同意了。当时我们在床上，骑虎难下，不得不同意。

我们搭着高铁，在前往她家乡的路上。她跟我说："见到我妈你就说你是许文雄，她很喜欢许文雄这个身份。"

"我仅是一个替代品？"

"你不同意？"她把长发撩到耳后，看着我说。

"同意。"

这时候，我想起一位老前辈说过的话，最成功的骗局，是别人花一生的时间都无法去拆穿。如果以后能跟周小雨结婚，骗到周秋花的几率就很大了，至少拿到一个红包也是骗。这应该是我从业多年一个很圆满的结局。我要比之前表现得更喜欢周小雨才行，虽然我原本就是喜欢她。想着想着我就笑了起来。

坐在一旁的周小雨掐着我的肩膀肉："瞧你那点出息，不就是骗到一个女人，还开心成这样。"

"我刚在想，这次赚大了，骗了色，或许还能骗到财。"

"如果你要骗一辈子的话，我不介意。"

我一脸严肃地说："我就是要骗一辈子。"

周小雨似乎有点感动，眼角带着一点泪花。这女人真傻啊，被骗了还不知道。

图书在版编目(CIP)数据

　　黑童话 / 零杂志编.—上海:上海人民出版社,
2015
　　ISBN 978 - 7 - 208 - 13126 - 2

　　Ⅰ.①黑…　Ⅱ.①零…　Ⅲ.①小说集 – 中国–当代
Ⅳ.①I247

　　中国版本图书馆 CIP 数据核字(2015)第 148649 号

出 品 人　邵　敏
责任编辑　邵　敏　　汤　淼
封面装帧　钟　颖

世纪文睿出品

黑童话
零杂志　编

出　　版　世纪出版集团 上海人民出版社
　　　　　　(200001　上海福建中路 193 号　www.shsjwr.com)
出　　品　世纪出版股份有限公司上海世纪文睿文化传播分公司
发　　行　中国图书进出口上海公司
字　　数　138000
I S B N　978 - 7 - 208 - 13126 - 2 / I · 1411

www.ingramcontent.com/pod-product-compliance
Lightning Source LLC
Chambersburg PA
CBHW051340020726
47501CB00007B/2198